Fioly Bocca studierte Literaturwissenschaften und Verlagswesen. Mit ihrem Debütroman «Das Glück der fast perfekten Tage» gelang ihr in Italien auf Anhieb ein Bestseller. Sie lebt mit ihren zwei Kindern in den malerischen Hügeln von Monferrato unweit von Turin.

FIOLY BOCCA

DAS GLÜCK AM ENDE DES WEGES

EIN JAKOBSWEG-ROMAN

Aus dem Italienischen
von Suse Vetterlein

Rowohlt
Taschenbuch Verlag

Die Originalausgabe erschien 2016
unter dem Titel «L'emozione in ogni passo»
bei Giunti Editore S.p.A., Florenz.

Veröffentlicht im Rowohlt Taschenbuch Verlag,
Hamburg, August 2019

Karte im Innenteil Imke Trostbach
Umschlaggestaltung FAVORITBUERO, München
Umschlagabbildung Jose Arcos Aguilar,
gregorioa / Shutterstock
Satz ITC Legacy bei
Pinkuin Satz und Datentechnik, Berlin
Druck und Bindung CPI books GmbH, Leck, Germany
ISBN 978 3 499 27330 8

«Das Leben eines jeden Menschen
ist eine stetige Wanderung.»

ERRI DE LUCA

Für meinen Vater,
der mich gelehrt hat, dass jede Reise
mit einem ersten Schritt beginnt.

N
W
O
S
JAK
CRUZ DE F
LUGO
O CEBREIRO
LEÓN
PALAS DE REI
PONFERRADA
SANTIAGO
DE
COMPOSTELA
KAP
FINISTERRE
RABANAL DEL CAM
OA
GALICIEN
PORTUGAL

SWEG
FRANKREICH
SAINT JEAN PIED DE PORT
RONCISVALLE
PAMPLONA
ESTELLA
GÚN
PUENTE LA REINA
BURGOS
LA CONCHA
OASIS DE
LA CONCHA
SPANIEN

1

EIN HEFT UND EINE KARTE

AUF DEM JAKOBSWEG

An einem komplett fremden Ort aufzuwachen gleicht einer Wiedergeburt.

Alma kannte das von klein auf, schon als Mädchen hatte sie bei jeder Reise dieses runde, perfekte Gefühl von einem Neuanfang, von einem Tag, der mit weit geöffneten Türen beginnt. Hinter jeder Türschwelle warten neue Möglichkeiten, neue Wegweiser für das Leben.

Wie schade, dass man bestimmte Momente nicht festhalten kann. Wie das Erwachen in andalusischen Pinienwäldern, wenn man die Nase aus dem Zelt steckt und den Duft von Meer und Eukalyptus atmet. Es wäre so schön, könnte man die Zeit davon überzeugen, dass sie sich getäuscht hatte, dass sie gerast war, wo sie doch hätte gemächlich gehen müssen. Fehler machen wir alle mal – heute Nacht werde ich im Schlaf wieder achtzehn Jahre alt sein, das Studium steht noch bevor, und wir tun so, als hätte es die Vergangenheit nicht gegeben. Gib du sie mir zurück, dafür verzeihe ich dir deine Fehler, Zeit, du seltsamer Freund!

Darüber denkt Alma jetzt nach, in diesem Zimmer einer kleinen Pension im französischen Saint Jean Pied de Port, während sich die Morgendämmerung ankündigt. Nach einem anstrengenden Tag im Flugzeug, in Zügen und Bussen, war sie gestern bei Sonnenuntergang hier angekommen. Alle Anschlüsse hatte sie gerade so gekriegt. Und zwar deshalb – da ist sie sich sicher –, um genau zu diesem Zeitpunkt auf genau dieser Brücke stehen zu können. Bei ihrer Ankunft wurde sie von dem fließenden Rot des Himmels begrüßt, der sich bis zur Straße hinabneigte, sich übers Kopfsteinpflaster ergoss, während eine Schar fröhlicher Kinder hinter einem Ball herrannte und der Fluss unter der Brücke die Farben des nahenden Abends widerspiegelte.

Sie öffnet das Zelt nun ganz und macht sich ein Bild vom beginnenden Tag: Grau sieht er aus, richtig bleiern, so ganz anders, als ein Morgen im Juni eigentlich sein sollte. Eine Wiedergeburt im Sommer mit Temperaturen wie im Herbst – ob das ein gutes Vorzeichen ist, fragt sich Alma, während sie ihre Wanderstiefel bindet. Dann betrachtet sie ihren Rucksack, der in den nächsten Wochen ihr einziger Reisebegleiter sein wird. Darin ist nur das Nötigste, den einzigen Luxus, den sie sich gönnt, sind ein Reiseführer, ein Notizheft und ein Buch von Coelho, dessen Titel den

Namen ihrer Reise trägt: *Auf dem Jakobsweg*. Sie weiß jetzt schon, dass sie streckenweise das schwere Gepäck verfluchen wird, sie weiß aber auch, dass alles, was sich darin befindet, in der nächsten Zeit ihr *Zuhause* sein wird. Denn ab sofort bedeutet *Zuhause* für sie ein sauberes T-Shirt, eine Taschenlampe, Arnikasalbe für schmerzende Beine, und das war's dann auch fast schon.

Während sie ihre Haare zusammenbindet, fragt sie sich, ob es nicht eine Methode gibt, um die Überreste lästiger Träume zu verscheuchen und die Sehnsucht gleich mit dazu. Die Zeit, der seltsame Freund, ist an allem schuld, er konnte ihr das unbeschwerte Gefühl nach dem Aufwachen gar nicht schnell genug rauben.

Das *Vollständige*, das fehlt ihr jetzt. Auf der Hälfte der Strecke, zwischen dreißig und vierzig, erscheint ihr der Weg vorgezeichnet zu sein. Als würden die Dinge, die sie nicht hat oder die sie verloren hat, sie viel treffender charakterisieren als jene, die sie einst besaß.

Aber vielleicht kommt ja doch noch etwas, und die Karten werden neu gemischt, denkt Alma, während sie zum Frühstücken geht. Es *muss* einfach noch etwas kommen.

Nach Kaffee und Baguette mit Butter und Marmelade ruft sie ihre Eltern an. «Mama, ja, alles okay. Ich weiß, dass es sehr früh ist, ja, ich geh gleich los. Natürlich pass ich auf, ich melde mich von unterwegs, schönen Gruß an Papa.»

Sie lässt ihren Pilgerausweis abstempeln, es ist der erste Stempel einer langen, noch folgenden Serie, und holt aus dem Rucksack, was in den nächsten Tagen unverzichtbar sein wird: den handgeschriebenen Zettel mit den Ortsnamen und eine detaillierte Karte vom *Französischen Jakobsweg.*

Jetzt ist sie bereit. Jede Reise lehrt einen eine bestimmte Art der Bewegung, und Alma weiß noch nicht, wie weit weg sie diese Reise hier führen wird. Sie hat noch nicht gelernt, dass Entfernung nicht die Zahl an Kilometern ist, die ihre Füße abgelaufen haben, sondern die, die sie noch vor sich hat, um zu sich selbst zu finden.

Sie schlüpft durch die Tür, schnürt ihre Jacke enger, um sich vor der Kälte und dem Nebel zu schützen – einsam, ganz plötzlich einsam an diesem Tag, der gerade geboren wird.

2

DER RHYTHMUS DER HERZEN

SEPTEMBER, NEUN MONATE ZUVOR

In diesem Jahr zog sich der Sommer mit seiner ausdauernden Hitze bis in den Herbst hinein, und Mitte September unterschieden sich die Tage in keiner Weise von jenen Anfang August. Nur die Schatten, die sich über die Hügel des Basso Monferrato legten, kündigten das Ende der Tage des Lichts an. Die klare Luft ließ die Konturen der Landschaft deutlicher hervortreten und sie noch schöner erstrahlen. Die Wiesen schimmerten in gedeckten Grüntönen, das Licht des klaren Himmels flutete die Weinberge und brachte die ordentlich aufgereihten Pappelhaine zum Leuchten, als Alma und Monica nach einer langen Reise in Varengo ankamen. Mit erhitzten Gesichtern stiegen die Freundinnen aus dem Bus; streckenweise waren sie nur langsam vorwärtsgekommen, weil vor ihnen ein Traktor die schmalen Straßen entlanggetuckert war. Ganz zum Schluss, als sie schon in Monferrato waren, hatten sich ihre Augen bereits an die große Horizontale der Felder gewöhnt, die nur ab und zu durch die riesigen, gelben Strohrollen unterbrochen wurde.

Gleich hinter dem Dorf stiegen sie aus, wo eine Schotterstraße abzweigte, die mit Büschen und Sträuchern halb zugewachsen war. Mühsam zogen sie ihre Trolleys durch den Kies, doch hinter der nächsten Kurve lag schon der Hof. «Er heißt *Pom Granin*», hatte der Fahrer gesagt und erklärt, das sei Piemontesisch und heiße Granatapfelbaum. Gefunden hatten sie ihn im Internet, und als sie jetzt davorstanden, sah er tatsächlich so aus wie auf den Fotos. Gleich hinter dem imposanten Gebäude kam der Stall und danach der umzäunte Reitplatz.

Alma betrachtete das gelbe Gemäuer und den Bogen mit den großen weißen Segeltüchern, die ein leichter Wind aufblähte. Es hat sich doch gelohnt, dass ich den ganzen Sommer über gearbeitet habe und jetzt hier sein kann, dachte sie.

Eine freundliche Frau empfing sie an der Tür und meinte, leicht außer Atem, sie seien ein kleiner Familienbetrieb, sie dürften nicht zu viel erwarten, aber sie seien ja zu viert und würden alles tun, damit sich die Gäste wohl fühlten. Sie führte sie zu ihrem Zimmer: weiße Wände, viel Holz, und vor ihrem Balkon ein Himmel, so weit, meine Güte, so weit …

«Siehst du, zum Glück habe ich nicht lockergelassen.» Monica sah ihre Freundin an, sie wusste, was sie gerade dachte. «Es war höchste Zeit, diese ewigen Strandurlaube mal zu boykottieren.»

«Stimmt, ich bin froh, dass ich auf dich gehört habe. Ich hoffe nur, dass ich nicht in hohem Bogen vom Pferd fliege, sobald ich im Sattel sitze.» Alma hatte schon seit Jahren nicht mehr auf einem Pferd gesessen, und bei dem Gedanken wurde ihr etwas mulmig. Der typisch jugendliche Leichtsinn von damals war längst passé, stattdessen hatte sie jetzt mit der Angst zu fallen zu kämpfen. Aber etwas Leichtsinn und Draufgängertum braucht man, sonst fällt man ganz bestimmt. Oder man traut sich erst gar nicht, was noch schlimmer ist.

In den Stallungen roch es nach Leder und Seife und dem warmen Atem der Tiere. Ungefähr zwanzig Pferde standen dort. Im Halbschatten des Nachmittagslichts ging Alma langsam an ihnen vorbei und hielt unwillkürlich die Luft an – die Reihe an schweißnassen, glänzenden Fellen schien nicht enden zu wollen. Monica war auf dem Zimmer geblieben, um sich von der Reise auszuruhen, aber Alma war zu neugierig und wollte sich ein wenig umsehen.

Eigentlich hätte John Denver im Hintergrund ertönen müssen mit seinen Geschichten über Cowboys und weite Prärien, stattdessen war es die Stimme von Lucio Battisti, die aus der alten Stereoanlage im Stall zu hören war.

Alma bewegte sich vorsichtig, als fürchtete sie, eine abrupte Bewegung könnte die Pferde aufschrecken. Ein stämmiger Haflinger erregte ihre besondere Aufmerksamkeit, er war isabellfarben und sah drollig aus. Vorsichtig streckte sie ihre Hand nach dem Maul des Tieres aus, das augenblicklich zurückwich, mehr irritiert als ängstlich. Alma wiederum zog ihre Hand zurück, als hätte sie einen elektrischen Schlag bekommen.

«Von unten nach oben.»

Die Stimme hinter ihr ließ sie aufschrecken. Im Gegenlicht kam eine Gestalt auf sie zu, die eine kräftige Hand unter die Nüstern des Pferdes hielt. Dieses streckte daraufhin seinen Kopf ganz aus der Box, um sich streicheln zu lassen.

«Eine Hand von oben wirkt einschüchternd, eine von unten einladend.» Der Mann wischte sich die Hand an seiner Arbeitsjeans ab und streckte sie Alma entgegen. «Ich bin Bruno, und das ist Pongo», sagte er und wies dabei auf das Tier. «Herzlich willkommen.»

Alma musterte ihn: kariertes Hemd, bis zum Ellbogen zurückgekrempelte Ärmel, zerzaustes Haar, Augen so schwarz wie der Nachthimmel, die Haut von Jahreszeiten und Wetter gezeichnet, die Nase etwas schief, die Mundwinkel leicht nach oben gezogen.

«Ich bin Alma», sagte sie und erwiderte den kräftigen Händedruck. Instinktiv spannte sie ihre Schultern an und fuhr sich durchs Haar.

Was der Verstand erst später begreift, weiß der Körper auf Anhieb. Der Verstand hat sein eigenes Tempo, wegen all der lästigen «aber», «vielleicht», «trotz», mit denen er zu kämpfen hat.

«Ich werde diese Woche euer Reitlehrer sein. Wenn ihr einverstanden seid, gehen wir morgen erst mal auf den Platz, und wenn es keine Probleme gibt, können wir danach ausreiten.»

Alma hörte Bruno zu, überlegte aber gleichzeitig, welche Klamotten sie anhatte und ob sie sich morgens geschminkt hatte, sie dachte, nach der anstrengenden Reise sehe ich bestimmt total fertig aus. Sie war es nicht gewohnt, sich Gedanken über ihr Äußeres zu machen, denn insgeheim wusste sie, dass sie das auch nicht unbedingt nötig hatte. Ihre Freundinnen hatten sie immer um ihr schönes, volles Haar und ihre hellblauen Augen beneidet. Und ihr letzter Freund – fiel ihr jetzt ein – mochte es, wenn sie ihre Haare offen trug und sie über ihre Schulter fielen. Es ist ja nicht gesagt, dass ihm das auch gefällt, und während sie das dachte, wunderte sie sich darüber, *dass* sie es dachte, doch zwischenzeitlich hatte ihre Hand die Haare schon längst über eine Schulter gelegt.

«Frühstück gibt es ab sieben, ich nehme an, ihr geht früh ins Bett, abends ist hier sowieso nichts los», fuhr Bruno mit leicht ironischem Unterton fort. «Ich erwarte euch um neun auf dem Reitplatz.»

Alma bereute augenblicklich, dass sie nicht wenigstens ihr blaues Shirt mitgenommen hatte, das ihre Augen so gut zur Geltung brachte, sondern nur diese lächerliche Kluft. Pack dir bequeme Klamotten ein, hatte Monica mit ihrem üblichen Sinn fürs Pragmatische gesagt, und sie hatte auf sie gehört, wie bescheuert …

«Ich muss jetzt wieder aufs Feld, das Heu wartet schon. Falls irgendwas ist, fragt einfach meine Mutter oder meine Schwester, sie wohnen im Haus gegenüber. Schönen Abend noch ...» Er lächelte, und seine Mundwinkel zogen sich noch weiter nach oben.

Alma erwiderte kaum den Gruß. Sie ahnte, in ihren Worten, die nicht kamen, würde eine Art Kapitulation mitschwingen. Zum zweiten Mal an diesem Tag dachte sie, es hat sich doch gelohnt, dass sie den ganzen Sommer über gearbeitet hat und jetzt hier sein kann.

Am nächsten Morgen erschienen die beiden Freundinnen früh auf dem Hof. Bruno war schon draußen und – ohne eine Spur von Müdigkeit – schwer beschäftigt: Pferde tränken, Boxen ausmisten, Hof kehren. Er war so in seine Arbeit vertieft, dass er die beiden gar nicht bemerkte. Alma sah ihm zu, wie er Eimer füllte, in die Futterkrippen schüttete und jedes einzelne Tier wie einen alten Freund begrüßte.

Es gibt Menschen, die sind selbst zu ihresgleichen nicht so freundlich, dachte sie.

Endlich bemerkte Bruno die beiden, schüttelte ihnen fröhlich die Hand und musterte sie mit lebhaften Augen. Er wollte wissen, wie viel Reiterfahrung sie hatten. Nach ein paar weiteren Fragen ging er zum praktischen Teil über.

«Ich zeig euch, wie man ein Pferd fertig macht, danach probiert ihr es. Wenn ihr das Tier sattelt und aufzäumt, merkt ihr gleich, wie ihr mit ihm umgehen müsst und was ihr von ihm erwarten könnt.»

Er holte einen Hufauskratzer, Satteldecken, Sättel und Zaumzeug. Dabei war er voll und ganz in seinem Element, arbeitete leichtfüßig und präzise mit der Sicherheit eines Gebieters auf seinem Territorium. Alma betrachtete seine Hände und stellte sich dabei einen Zauberkünstler vor, der keine billigen Tricks, sondern wahrhaftige Magie zum Besten gab. Mähne kämmen, Sattelgurt festziehen, Trense anlegen. Was sie sah, war die Schönheit, wenn aus der Wiederholung der immergleichen Tätigkeit etwas Poetisches entsteht.

Als Alma dann im Sattel saß, verkrampfte sie etwas. «Tief durchatmen», sagte Bruno, als er zu ihr kam. «Jeder fällt mal vom Pferd, aber wir werden zusehen, dass es nicht ausgerechnet heute passiert», schickte er lächelnd hinterher.

Sie spürte, wie sich die Flanken des Pferdes unter ihr bewegten, wie sein Hals auf die Zügel in ihren Händen reagierte, wie ihr Herz überdrehte.

Nach ein paar Runden auf dem Platz waren sie bereit für den Ausritt. Im Nu saß Bruno im Sattel: Die Zügel in einer Hand, den Fuß im Steigbügel, und schon war er oben. Die langen Beine berührten das graue Fell des Tieres, die geraden Schultern bildeten eine Linie mit dem Horizont.

Monica ließ sich entspannt schaukeln, ganz anders Alma, die ihre Arme steif wie ein Motorradfahrer hielt, den Rücken übertrieben gerade, die Füße wie eingegipst. Bruno drehte sich immer mal wieder um, kontrollierte den Gang des Pferdes oder korrigierte ihre Haltung. Sie kamen in einen Wald, ein steiler, schmaler Weg führte bergauf, die Pferde streiften fast die Bäume, und sie mussten sich ducken, um nicht von den Ästen geschrammt zu werden. Auf eine Lichtung folgte eine Reihe kleiner Äcker, mühsam bearbeitete Fleckchen Land, wie mit Basilikum bestickt. Krähen rauschten knapp über den Boden, um sich Insekten oder Samen zu schnappen, solange die Bauern sie nicht verscheuchten.

Bruno erzählte aus seiner Welt, in der er zu Hause war. Er sprach über die angepflanzten Kulturen: «Da ist der Mais, Sonnenblumen trocknen am besten am Stängel, bevor aus der Pflanze das Öl gewonnen wird, und hier, hier wird Soja angebaut.» Er erklärte das Beschneiden von Obstbäumen, welche Äste man opfern, wie man den Stamm stärken konnte. Er beschrieb, wie frech die Füchse waren, die aus den Feldern hervorlugten, wenn er die Ernten einholte, wie die Wildschweine nachts immer die Straßen kreuzten, wie er es liebte, von seinem Traktor aus zu sehen, wenn sich Unmengen an Gras in lauter geordnete, geometrische Formen aus Garben und Schwaden verwandelten. Die Worte, die zuvor nur spärlich gesät waren, kamen jetzt fast überschäumend, sie brachten seine Liebe für dieses Stück Land mit den Weinbergen, Eichenwäldern und dem Duft nach Linden zum Ausdruck.

Im Gegenzug erzählte Alma von ihrer Leidenschaft für Bücher, die so weit ging, dass sie den Gewerbeschein für eine kleine Buchhandlung in einer engen, staubigen Gasse in Bologna erworben hatte. Sie erzählte von ihrem Sommer, den sie damit verbracht hatte, Wände weiß zu streichen, Regale abzustauben und Kisten auszupacken. Das Gröbste war geschafft, in knapp zwei Monaten würde sie ihr *Alicante* eröffnen. Sie hatte all ihre Ersparnisse in diesen Traum investiert, wo sie schon bald Bücher und Autoren empfehlen und die Realität mit Geschichten vermischen würde.

Ihr fiel auf, dass sie Brunos Art mochte – wie er voller Energie eine Ordnung in die Dinge hineinbrachte, die die Natur wild verstreute. Er gab dem Apfelbaum während des Wachstums eine Form, schnitt Sträucher und Büsche zurecht, zog parallel angelegte Furchen in die Äcker für die Aussaat im Frühling. Wie sie, verfolgte auch er voller Leidenschaft den Weg, für den er sich entschieden hatte; beide taten das in dem Versuch, sich vor dem Chaos in der Welt zu schützen.

Alma sog jedes Wort in sich auf, als würde sie alles mitschreiben, um es in Erinnerung zu behalten, und versuchte, den leicht rauen Klang seiner Stimme festzuhalten und ihn dann reifen zu lassen, wie man es mit einem hochwertigen Wein im Keller tut. Fast hätte sie Monica vergessen, die ihnen still im Trab folgte, fast hätte sie die Angst, vom Pferd zu fallen, vergessen. Es gab Wege mit weichem Boden, die sich für den Galopp anboten, und dann schimmerte das Licht durch das Laub wie durch die bunten Gläser eines Kirchenfensters. Sie hörte das dumpfe Geräusch der Hufe auf festem Boden, das Gebell eines Hundes irgendwo in der Ferne und den Schrei eines Bussards. Sie roch den Duft nach frisch gemähtem Gras, nach eben gewendetem Heu und umgegrabener Erde. Und das genügte ihr, um – zum ersten Mal – zu spüren, dass sie eine so vollkommene Schönheit auch woanders als zwischen den Seiten eines Buches finden konnte.

Als sie gerade eine Steigung hochritten, hielt Bruno plötzlich das Pferd durch ein leichtes Ziehen der Zügel an und stieg ab. Die beiden Frauen sahen ihn verwundert an.

«Er humpelt, vielleicht wurde sein Vorderbein zu stark belastet.»

«Und jetzt?»

«Jetzt muss ich mich um ihn kümmern. Ich führe ihn nach Hause.»

Manchmal reicht schon ein Satz, um etwas ins Rollen zu bringen. Genau das passierte gerade, und Alma machte es an dem Gedanken fest, der ihr jetzt kam: Endlich mal ein Mann, so dachte sie, der nicht nur sich selbst sieht.

Der Rest ergab sich wie von selbst. Alma erkannte sehr schnell das Gefühl wieder, dass sie keine Zeit verschwenden wollte, sie duldete keine räumliche Trennung, da war nur das dringende Bedürfnis nach Nähe, es sollte keine Distanz mehr geben. Sie klebte regelrecht an Bruno und gab vor, sich für alles zu interessieren, von der Behandlung einer Sattelwunde bis hin zur Aussaat von Endiviensamen, von der Reparatur eines Holzpflocks auf der Koppel bis hin zu einer neuen Umzäunung.

Wobei sie es gar nicht einmal vorgab, sie wollte wirklich seine Welt kennenlernen und umarmen, die ihn so abhob vom Rest, von allem, was sie bisher kannte. Die Hände, die vom Wetter und so manchen Pflanzen ganz rau waren, die leicht krumme Nase aufgrund eines Hufschlags, die kurzen Sätze, präzise wie ein Skalpell.

Am liebsten beobachtete sie ihn, wenn er mit Kindern zu tun hatte, etwa wenn er ihnen aufs Pferd half. Erst da fiel alles Spröde wirklich von ihm ab, er begegnete den Kindern auf Augenhöhe, er wurde ausgelassen, sogar albern, als wäre er einer von ihnen.

Sie hatte sich nie ernsthaft mit dem Gedanken befasst, Kinder zu kriegen, das heißt, das vielleicht schon, aber sie hatte nicht diesen dringenden Kinderwunsch, bei dem das Ticken der biologischen Uhr Panik verursacht und dann plötzlich Entscheidungen für einen fällt. Jetzt aber sausten in ihrem Kopf ständig Bilder von Kindern herum, die barfuß vor dem Haus spielen. Mit einem Abwinken der Hand drückte sie die Bilder schnell wieder weg.

Sie beobachtete Bruno, war immer in seiner Nähe, ohne etwas zu fordern, denn so ungeduldig sie auch war, dank ihres typisch weiblichen sechsten Sinns wusste sie, einem Mann wie ihm näherte man sich nicht mit dem Tempo eines Sprinters, sondern über die unerschütterliche Ausdauer eines Marathonläufers. Aber wenn andere Frauen als Gäste auf den Hof oder zum Reitunterricht kamen und neben ihm standen, musste sie ihren Instinkt unterdrücken, um nicht, wie ein Tier, ihr Territorium zu verteidigen.

Sie begannen, miteinander zu scherzen – er nahm sie auf den Arm, wenn sie vor dem Aufsteigen ewig an ihren Steigbügeln herumfummelte oder die Zügel seltsam hielt –, und sie sah das als gutes Zeichen. Nicht ausschlaggebend, aber vielversprechend. Da es für sie üblicherweise ein Leichtes war, die Aufmerksamkeit eines Mannes zu erregen, der sie interessierte, war sie doch sichtlich irritiert darüber, dass es diesmal nicht so glatt lief. Weil ihr das Taktieren nicht lag, tat sie das, was naheliegend war: Sie hielt sich auch weiterhin ständig in Brunos Nähe auf und glich seine Reserviertheit mit ihrem Enthusiasmus aus. Und wartete.

Abends, kurz vor dem Schlafengehen, überhäufte sie ihre Freundin mit detaillierten Beschreibungen eines Blickes von ihm, eines mitschwingenden Untertons in einer Bemerkung oder einer außergewöhnlichen Art, ihr gute Nacht zu sagen.

Die erste Woche war um, als das Schicksal nachhalf und den Stein unaufhaltsam ins Rollen brachte. Samstagnachmittag – Alma und Monica machten gerade die Pferde fertig – kam ein Freund von Bruno auf den Hof und sagte, am Abend werde im Nachbardorf mit Musik und Tanz das Weinfest gefeiert.

Bruno drehte sich zu den beiden Frauen – vor

allem jedoch in Almas Richtung – und fragte, ob sie Lust hätten, vorbeizuschauen. «Das wäre schön», sagte sie, zeitgleich zum «Nein danke, ich bin müde» von Monica, die schon immer ein gutes Gespür dafür hatte, wenn aus einer vermeintlich harmlosen Sache eine Liebesgeschichte werden könnte.

Und so kam es, dass Alma zur Abenddämmerung ein geblümtes Kleid anzog und dann unten auf dem Hof auf ihren Begleiter wartete. Sie setzte sich auf eine Bank unter dem Blauregen, während sich das Blau des Himmels mit dem Orange des Sonnenuntergangs vermischte. Zikaden zirpten lauthals und verstummten auf einen Schlag. Und während Alma sich fragte, wie sie das schafften, so synchron und perfekt aufeinander abgestimmt, stellte sie fest, dass sie an einem Faden ihres Kleides herumspielte, und das mit einer Nervosität, wie sie sie schon lange nicht mehr an sich beobachtet hatte.

Sie stellte aber auch fest, dass dieses Gefühl – es war ein bisschen wie der angehaltene Atem vor dem Sprung ins Wasser, ein bisschen wie laute Musik beim Autofahren auf leergefegten Straßen – mit das Beste war, was sie je erlebt hatte.

Ihr Kopf spulte ein paar Filmszenen ab, *Der Pferdeflüsterer* oder *Lady Chatterley*, als Bruno mit seinem Pick-up vorfuhr.

Eine Viertelstunde, zwei Hügel und drei Battisti-Lieder später waren sie auf dem Fest. In der abgekühlten frischen Abendluft spielte eine Band fröhliche Musik, bunte Fahnen wehten zwischen den wenigen Häusern wie aufgehängte Wäsche. Man hörte das Klappern von Absätzen auf dem Holzboden, das Kreischen von Kindern, die sich gegenseitig auf die Füße traten, das Lachen von Frauen. Ungeschickte Tänzer wirbelten neben aufeinander eingespielten Pärchen über die Tanzfläche, das vage Summen von Mücken und eine gute Portion Euphorie lagen in der Luft.

An einer improvisierten Bar wurde Rotwein ausgeschenkt, der die Lippen rot färbte, und ab und zu wischte Alma mit einem Finger die Ränder von ihrem Mund. Schon bald wurden Bruno und sie ausgelassen und lachten zusammen. Er hakte sich bei ihr unter, und gemeinsam drehten sie eine Runde, leicht schwankend wie zwei Ähren im Kornfeld. Er stellte sie den Leuten vor, doch anstatt ihre Namen zu nennen, listete er sämtliche Spitznamen auf, wie es auf dem Dorf üblich ist. Sie drückte Hände und lächelte in Gesichter mit dem Ziel, seinen Freunden sympathisch zu sein.

Brunos leicht geöffnetes Hemd zeigte ein Stück gebräunter Haut, als er mit einem angedeuteten Lächeln wie angewurzelt auf der Tanzfläche stand. Und dazu: *Take me home, country roads* und *Always on my mind.*

«Tanzt du nicht?»

«Nur über meine Leiche.»

Im Schatten der Laterne setzten sie sich auf eine Wiese in der Nähe der Tanzfläche, doch weit genug entfernt, um ungestört zu sein. Neben ihnen stand eine entkorkte Weinflasche, Gläser hatten sie keine. Sie lachten über irgendeinen Quatsch, den jemand von sich gegeben hatte. Vielleicht beugte sie sich vor, und zum Vorschein kamen strahlend weiße, leicht schiefe Zähne, vielleicht neigte auch er sich ganz leicht nach vorn, während er in seiner Tasche nach einem Feuerzeug kramte, Tatsache ist, mit jedem Zentimeter wurde die Entfernung zwischen ihnen kleiner, bis sie sich in der Mitte trafen, und zwar so exakt in der Mitte, dass jemand, der sie beobachtet hätte, sagen würde, der Kuss war von beiden gleichermaßen gewollt. Als sich ihre Lippen gefunden hatten, spürten sie, wie lebendig ihre Körper wurden, bereit, im Atem des anderen zu zerfließen, zwei Herzen, die jetzt im selben Rhythmus schlugen. «Du bist gefährlich», sagte er, als er wieder zu sich kam. Mehr sagte er nicht. Sie blieben noch lange sitzen, etwas abseits von diesem Fest, das nur für sie gemacht zu sein schien und das sie mit keinem teilen wollten.

Als sie zurückfuhren, in dieser sternenklaren Nacht, lag Brunos Hand die ganze Zeit auf Almas Knie.

3

WUNDEN UND ZUFÄLLE

AUF DEM JAKOBSWEG

Tief hängende Wolken und Nebel. Steigungen und Gefälle, unwegsame Straßen und viel Schlamm. Die kalte Luft führt zu Tränen in den Augen wie beim Fahrradfahren mit Gegenwind.

Irgendwo hat Alma gelesen, die erste Etappe des Jakobsweges sei die anstrengendste, eine echte Bewährungsprobe für untrainierte Muskeln. Trainiert hat sie kaum; da sie von klein auf Sport getrieben hat, war sie überzeugt, dass ihr Körper mit den Strapazen der Pilgerreise schon fertigwerden würde.

Aber nach ungefähr zwanzig Kilometern auf holprigen Straßen, die teilweise auch noch ziemlich steil bergab gehen, wird sie eines Besseren belehrt. Die Muskeln verhärten sich, und der Rucksack lastet schwer auf Rücken, Beinen und Gedanken. Durch die Schmerzen stößt sie auf Teile ihres Körpers, von deren Existenz sie gar nichts wusste. Mühsam schleppt sie sich und ihre guten Vorsätze weiter und wundert sich darüber, dass sie jetzt schon an dem Punkt ist, an dem sie sich fragt, warum sie sich das eigentlich antut, im Dauerregen durch Nebelwände bei gerade mal zwei Metern Sichtweite zwischen diesen glitschigen Felsen herumzukrebsen. Wenn sich die Strapazen schwer auf deinen Rücken legen und dich gefangen nehmen, dann steht Gehen nicht nur für eine bestimmte Anzahl an Schritten, sondern auch für den Willen, den letzten Rest an Energie aufzubringen.

Alma hält nach den Symbolen Ausschau, die den Weg weisen: gelbe Pfeile und Muscheln – diese hatten die Wanderer der letzten Jahrhunderte an den Stränden Galiciens gefunden und als kostbare Seltenheit aufgehoben. Jeder Pilger eicht seine Augen auf diese Wegweiser, bis sie zum festen Bestandteil der Landschaft werden, und er folgt ihnen blindlings wie ein Hund seinem Herrchen. Da Alma fürchtet, eine Abzweigung zu verpassen und so die Schmerzen nur noch zu verlängern, ist sie jedes Mal, wenn sie diese Symbole erblickt, erleichtert, denn sie sagen: *Du bist auf deinem Weg.*

Wie gut wäre es, wenn unser Leben voll mit solchen Wegweisern wäre, denkt sie, während sie die Gurte ihres Rucksacks fester zurrt, im Grunde sind wir doch alle Wanderer.

Vielleicht hat der Wind ihr einen Streich gespielt, denn plötzlich dringt Musik an ihr Ohr. Alma folgt den Tönen, und so wie sie vorher ihren Ohren nicht traute, so traut sie jetzt ihren Augen nicht: Ein großer, sehr schlanker Mann steht vor ihr, aufrecht wie ein

Pfahl, am Rande eines Steilhangs, den man im Nebel schlecht erkennen kann. Seine Lippen umschließen eine regennass glänzende Trompete, und es ertönt das *Ave Maria* von Schubert.

Sie setzt sich auf einen Felsvorsprung und genießt den Moment. Die langsame Musik berührt sie, sie schließt leicht die Augen und lächelt. Ein Adler mit weit aufgespannten Flügeln scheint in der Luft zu stehen, in diesem weiten Himmel mit den tief hängenden Wolken, und alles, was jenseits des Nebels auf sie wartet, ist eine einzige große Verheißung.

Vielleicht sind es ja solche Momente, die der Jakobsweg für sie bestimmt hat und die sie dazu bringen, nicht aufzugeben.

Die Musik endet, und der Mann kommt auf sie zu. «Macht der *zirimiri* dir etwa Angst?»

Er sagt es auf Baskisch, und sie ist sich nicht sicher, ob sie ihn richtig verstanden hat. Auf Englisch erklärt er ihr, dass *zirimiri* der feine Sprühregen ist – schwerelos. Er befestigt seine Trompete so flink am Rucksack, dass die einzelnen Bewegungen kaum zu unterscheiden sind. Dann bedeckt er das Instrument mit einer Plastikfolie, um es vor dem Regen zu schützen. Er tut das mit der Sorgfalt einer Mutter, die ihr Kind in eine Decke hüllt. Alma betrachtet die feinen Musikerhände und das ausgemergelte Gesicht, das sich hinter einem dunklen Hut mit breiter Krempe verbirgt. Wie selbstverständlich setzen die beiden ihren Weg gemeinsam fort. François wohnt in einem

Dorf in der Nähe von Paris und ist seit mehr als drei Monaten unterwegs.

«Und die Trompete ist immer dabei?»

«Ohne sie würde ich keinen Schritt tun.»

Mehr verrät er nicht von sich, als hätte seine Musik alles, was es über ihn zu wissen gibt, schon erzählt. Sie teilen Schwarzbrot und Obst, ohne dabei ihr Tempo zu verlangsamen. Nachdem sie ein paar Kilometer schweigend nebeneinander hergegangen sind, dreht sich François zu ihr und schließt in einer sanften Geste leicht die Augen – es ist ein Abschiedsgruß. Er geht jetzt zügiger, und so schnell, wie er gekommen war, verschwindet er nun hinter einer Kurve.

Alma weiß jetzt, wenn sie ab sofort auf einen Menschen trifft, wird es anders sein als bisher: Hier tauscht man einfach nur die Namen und ein paar Sätze, ohne die hunderttausend Erklärungen, die man sonst so von sich gibt. Dann stolpert sie, und ihre ganze Aufmerksamkeit gilt nun wieder dem Körper. Sie sagt sich, jetzt hat sie immerhin eine Zeitlang nicht an die Schmerzen gedacht, und das ist ja schon mal was.

Ein paar hundert Meter weiter führt eine Abzweigung zu einer Herberge. Alma ist stark verleitet, dem Wegweiser zu folgen, aber sie weiß nicht, wie weit es bis dorthin ist, die Beschreibung ist ziemlich mager. Außerdem steht auf ihrem Zettel *Roncisvalle*, genau bis dahin wird sie gehen, und keinen Meter weniger.

Spät am Nachmittag erreicht Alma ihr Ziel, und wie sie so vor der *albergue* steht, ist sie sicher, dass ihre Füße, ihre Beine und ihr Wille wirklich ihr Letztes gegeben haben.

Nach einem einfachen Abendessen holt sie – bevor sie, wie die vielen anderen erschöpften Pilger, in ihrem Stockbett einschläft – ihre Taschenlampe hervor und weiht ihr Notizbuch mit dem hellblauen Einband ein.

~ ~ ~

Ich habe siebenundzwanzig Kilometer Fußmarsch hinter mir, siebenundzwanzig Kilometer und fünfzig Meter, um genau zu sein, gegen Ende zählte ich nämlich auch die Meter. Und mit jeder Minute nahmen die Schmerzen zwischen Nacken und Schultern zu. Ich hatte schon Angst, dass ich es nicht vor Anbruch der Dunkelheit schaffe und keinen Platz zum Schlafen finde.

Zum ersten Mal kann ich die Strapazen der Menschen nachvollziehen, die nur ihre Beine zur Fortbewegung haben – Wanderer von anno dazumal, Kriegsüberlebende, Migranten, Flüchtlinge, Fliehende. Ich habe mir vorgestellt, wie es ist, wenn man nicht darauf zählen kann, dass einem jemand etwas Wasser reicht, dass man ein überdachtes Plätzchen findet, um sich abzutrocknen, dass eine schöne Musik ertönt, und man kurz innehält, um ihr zu lauschen. Das war erst der erste Tag, aber er kam mir ewig lang vor.

Vermutlich bin ich an bezaubernden Orten vorbeigekommen, aber ich bin zu müde, um mich an sie zu erinnern.

Was ich aber mit Sicherheit sagen kann, ist, dass ich dich gesehen habe. Zuerst bist du vor mir gegangen, mit deinen breiten Schultern, und bestimmt hattest du diesen ganz speziellen Ausdruck im Gesicht, wenn du ins Leere starrst, auch wenn ich es nicht sehen konnte. Den Ausdruck, den du hast, wenn du ganz in Gedanken versunken bist. Du warst vor mir, eine Gestalt im Nebel, plötzlich drehte ich mich um und sah dich hinter mir. Ich spürte, wie du mich eingeholt hast, mit größeren Schritten als meinen – im Holzfällergang –, wie du dann meine Hüfte umfasst hast …

Jeden Wanderer habe ich für dich gehalten, warum auch nicht, so dachte ich mir, einer könntest ja tatsächlich du sein. Oder besser gesagt, einer müsstest eigentlich du sein, bei so vielen Menschen auf der Erde und so vielen, die ich hier beim Pilgern treffe.

Das wäre nur folgerichtig, so folgerichtig, dass man sich gleich wie am rechten Ort fühlen würde in diesem Leben.

Ich betrachtete einen Stein und dachte, den hat er bestimmt auch gesehen; dann einen Baumstumpf – bestimmt hat er sich hier hingesetzt und sich ausgeruht. Einen sprudelnden Bach mit eiskaltem Wasser – hier hat er vermutlich etwas getrunken. Und dann war da noch der Klang der Trompete, schon immer da gewesen, genau hier – er muss es auch gehört haben.

Ich dachte, mit der Zeit stimmt etwas nicht, wie sonst ist es zu erklären, dass zwischen meinen Fußstapfen Jahre liegen? Da muss irgendetwas schiefgelaufen sein bei der Raum-Zeit-Programmierung unserer Schicksale. Und wir sind einfach zu blöd und ungeschickt, um es zu reparieren.

Zafón schreibt: «Zufälle sind die Narben des Schicksals.»
Ich sage, meine Narben werden so lange nicht verheilen, bis mein Schicksal endlich mit deinem verbunden sein wird.

~ ~ ~

4

ZWEI ZENTIMETER BLAU

MAI, DREIZEHN MONATE ZUVOR

Frida Cordero blieb vor dem Palazzo in der Via Garibaldi stehen und kramte in ihrer Tasche nach den Schlüsseln. Dabei schaute sie sich um, ihre Augen blickten in alle Himmelsrichtungen, sie versuchten es zumindest – da, in Richtung Mole, da musste Süden sein. Aber sie war sich nicht sicher. Und in welcher Richtung der Mittlere Osten lag, wusste sie erst recht nicht, ihr Orientierungssinn war noch nie der beste gewesen.

Sie betrat die Praxis und betrachtete die große Weltkarte an der Wand des Wartezimmers. Italien und Syrien lagen sich schräg gegenüber, nur ein schmaler Streifen trennte sie, zwei Zentimeter Mittelmeer. Auf dieser Karte mit all den Grenzlinien und Namen war das der reinste Hohn – ein Witz in Blau.

Sie konnte sich nicht konzentrieren, das war neu. Wo sie doch Manuels Abwesenheit gewohnt war, er war ja immer unterwegs, auf der ganzen Welt, und da gab es auch schon weit gefährlichere Unterfangen als dieses.

Sie sah aus dem Fenster, da unten wimmelte es nur so von Menschen, Turin war eine lebendige Stadt. Die Leute schienen besser drauf zu sein – ein sonniger Tag im Mai kündigte den Sommer an.

Sie ging in ihr Sprechzimmer, und während der Computer hochfuhr, betrachtete sie ihr Psychologie-Diplom, das an der hellen Wand hing. Ich muss einen klaren Kopf bewahren, das macht meine Arbeit aus, dachte sie. Da sie es gewohnt war, in die Problemwelten anderer Menschen abzutauchen, durch deren Sphären des Unterbewusstseins zu surfen, drängte sich automatisch die Frage auf, wie es bei ihr zu so einer extremen Entgleisung kommen konnte.

Ihre Verfassung änderte sich auch nicht, als der erste Patient kam. Enrico Gozzi, ein Mann mittleren Alters, setzte sich ihr gegenüber in den dunklen Sessel, versank darin und knüpfte da an, wo sie eine Woche zuvor stehengeblieben waren.

Frida versuchte, sich in ihrer professionellen Art Notizen zu machen, doch immer wieder hatte sie Manuels Stimme im Ohr, als er sie nach dem Mittagessen angerufen hatte. Die Verbindung war schlecht gewesen: «Alles in Ordnung, *amorzinho*, mein Liebling. Die halbe Stadt ist zerstört, aber so wie es aussieht, haben wir keine Schwerverletzten mehr. Ich muss nur zur Untersuchung, ich hab ein bisschen Fieber, nein, nichts Schlimmes, wirklich nicht, sie wollen nur im

Krankenhaus etwas überprüfen, du weißt ja, das ist gängige Praxis.»

Gängige Praxis, wiederholte sie. Aber durch ihren Kopf rauschten ganz andere Bilder: die von Leuten, die hier unten auf der Straße die Schaufenster betrachteten, prallten auf jene, wo die Menschen mit bloßen Händen Trümmer beiseiteschafften, auf der anderen Seite des Meeres, gerade mal zwei Zentimeter Blau entfernt. Ihr Mann im Krankenhaus – ein leeres Zimmer, gezeichnet von den Bomben, vom Krieg, bespritzt mit dem Blut der Schwerverletzten –, er muss dorthin, aber nur zur Untersuchung.

Das ist gängige Praxis. Ein bisschen Fieber, das hat doch jeder mal. Kommt vor, selbst in unserem sterilen Turin, auf Hochglanz poliert als Willkommensgruß für die Touristen, selbst hier, und erst recht in Aleppo, wo Trümmerhaufen die Straßen blockieren.

Sie dachte an die Strapazen, die Manuel durchgemacht hatte. Eine Woche zuvor war er in Syrien angekommen, als der Notstand ausgerufen worden war. Sie dachte an die Nächte, die er durchmachen musste, um Kollegen zu assistieren, um Wunden abzutupfen, zu nähen, zu verbinden. Er, der sich nie schonte, auch diesmal wird er alles gegeben haben, Stunden harter Arbeit, gegen die Müdigkeit ankämpfend, im halben Dämmerzustand, nicht mehr ganz bei sich, aber mit dem unbedingten Willen, wach zu bleiben, trotz der Müdigkeit und der ausgelassenen Mahlzeiten. Er wird sich zu viel zugemutet haben, genau, deswegen das Fieber, wäre ja nicht das erste Mal, das passiert jedem Normalsterblichen. Aber es ist schon richtig, dass sie der Sache nachgehen wollen, das übliche Programm, dass sie sich vergewissern wollen, sie werden ihm Aspirin geben, dann kommt er schon wieder auf die Beine. *Das ist gängige Praxis.*

Enrico Gozzi erzählte zum x-ten Mal, wie er einst von einem Mädchen einen Korb bekommen hatte, am Strand, vor seinen Freunden. Er war sich sicher, dass seine Unsicherheit Frauen gegenüber daher rührte. Frida nickte, notierte sich etwas in der Mappe, auf der «Enrico Gozzi» stand, während ihre Gedanken achtundzwanzig Jahre zurückschweiften, es war Herbst.

Sie war damals auf einem Kongress in Rom, Thema war *Medizinische Antworten auf Kriegsneurosen und Traumata.* Unter den Teilnehmern war dieser junge portugiesische Arzt, der sich auf Epidemiologie spezialisiert hatte und seit kurzem Mitglied der *Ärzte ohne Grenzen* war. Frida erinnert sich noch gut an den wachen Ausdruck seiner Augen, an sein impulsives Wesen, seine ganze Art war die eines Besessenen. Während Manuel Roero von seiner Zeit in Kambodscha berichtete, als eine Epidemie ausgebrochen war, gestikulierte er wild, er überschlug sich fast beim Reden, und wenn er von der Medizin sprach, klang es, als handele es sich um ein Lebewesen. Die Menschen dort hätten ihre eigene Geschichte und einen Anspruch darauf, dass man ihnen helfe, sie seien keine Nummern oder Prozentzahlen aus irgendwelchen Statistiken. Es war eine sehr ungewöhnliche Rede, fast schon bühnenreif. Die Zuhörer im Saal sahen sich perplex an, dieser schmächtige, kleine, quirlige Mann, der nicht einmal eine Krawatte trug, hatte sie neugierig gemacht, in seinem holprigen Italienisch, dem köstlichen Akzent, aber mit einer Redekunst, die so fesselnd war, dass zwei Stunden lang absolute Stille im Saal herrschte.

Dieser Enthusiasmus war es, der Frida dazu brachte, am Ende seines Vortrags zu ihm zu gehen, um ihm ein paar Fragen zu stellen. In genau diesem Moment, als sie neben dem Arzt mit den zerzausten Haaren stand, der eben das Rednerpult verlassen hatte und noch völlig aufgewühlt war, begriff sie, dass diese Leidenschaft, die da in seinen dunklen Augen brannte, echt war. Sie sah den Funken von etwas völlig Unergründlichem, der ihn erfüllte und mitriss, den Funken von etwas, für das keines ihrer Fachbücher einen Namen gefunden hätte.

An jenem Abend wurde das Gespräch, das mit ein paar kritischen Fragen der jungen Psychologin – zum Thema Kriegsheimkehrer und posttraumatische Belastungsstörung – seinen Anfang nahm, in einer Osteria am Tiberufer fortgesetzt. Darauf folgten ganze Nächte, ganze Jahre – das ganze Leben, das sie noch vor sich hatten.

Enrico Gozzi beschrieb die Gesichter seiner Freunde, als die Schöne aus Oristano in ihrem auffälligen fuchsiafarbenen Bikini sich von ihm abwandte, ihn also da am Strand stehen ließ und seine Einladung für den Abend einfach ignorierte.

Frida sah ihn voller Anteilnahme an, während sie in einem verborgenen Winkel ihres Gehirns das erste gemeinsame Weihnachten, das sie und Manner in Köln feierten, Revue passieren ließ. Die glitzernden Weihnachtsmärkte in den Straßen der Altstadt, die Messe im Dom, der in ein strahlendes Licht getaucht war, ihre Hand in Manuels Jackentasche, die ineinander verschränkten Hände. Und das Gefühl der Zugehörigkeit.

«Du gehörst zu mir», hatte er in jener Nacht zu ihr gesagt. «Für immer. Vielleicht schon immer.»

Dann der Entschluss, zusammenzuziehen, das gemeinsame Leben in Turin, das ständig unterbrochen wurde von seinen Reisen, als Arzt – ihr Arzt ohne Grenzen und ohne Krawatte.

In den ersten Jahren ihrer Ehe konnte sie nie die Tränen zurückhalten, wenn er in Kriegsgebiete oder in Länder mit gefährlichen Krankheiten reiste, so groß war ihre Angst, sie könnte ihn verlieren.

Dann trocknete er mit einem Finger ihre Wangen und ließ sich etwas einfallen, um ihr ein Lächeln zu entlocken.

«Nicht weinen», sagte er einmal, bevor er nach Vietnam flog, «jede Träne ist eine Erinnerung, die nicht wiederkehrt.»

Vor einer Reise hatte er oft eine Art Schatzsuche für sie in der Wohnung vorbereitet. Jeden Tag gab es eine kleine Überraschung, einen Zettel oder ein kleines Geschenk, das sie nach dem Aufstehen finden musste, zwischen den Handtüchern im Schrank, zwischen den Socken in der Kommode, zwischen den Seiten eines Buches.

Guten Morgen, mein Sonnenschein, ohne dich fühle ich mich wie ein kleiner Junge, mein Herz ist in Aufruhr. Sieh heute Mittag zum Himmel, aus einer vorüberziehenden Wolke werden tausend Küsse für dich herabregnen (morgen wirst du etwas bei den Gewürzen finden, zwischen Majoran und Zimt).

Als Enrico Gozzi fertig erzählt hatte und, wie immer, einen Termin für den kommenden Dienstag machen wollte, sagte Frida nein, nächsten Dienstag sei sie nicht in der Praxis. Denn genau in diesem Augenblick hatte sie beschlossen, ihrem Mann nachzureisen. Zum ersten Mal nach vielen Jahren an seiner Seite spürte sie, dass sie keine Zeit mehr duldete zwischen dem Jetzt und dem Moment, wenn sich ihre Finger wieder ineinander verschränkten und sie sich wieder zu Hause fühlen würde.

Froh über ihre Entscheidung verabschiedete sie den Patienten und setzte sich sofort an den Computer, um einen Flug zu suchen. Als sie gerade die Abflugzeiten checkte, kam der Anruf – und es war vorbei mit der Suche. Und auch mit Fridas Leben, zumindest in seiner bisherigen Form.

Fünf Tage später erreichte der leblose Körper von Manuel Roero auf einem Linienflug sein Zuhause. *Das ist gängige Praxis.*

Frida weinte nicht. Auch nicht, als sie ihren Schwager José umarmte oder die anderen Verwandten ihres Mannes aus Portugal, die zur Beerdigung angereist waren. Aus irgendeiner abstrusen Überzeugung heraus, oder aus reiner Verzweiflung, fürchtete sie, jede Träne könnte ein Bild von ihrem geliebten Mann mit sich nehmen.

Vor dem Sarg aus Walnussholz betete sie, dass die Erinnerungen an ihn bis an ihr Lebensende nicht verblassen würden.

Nach der Trauerfeier überreichte José ihr einen verschlossenen Umschlag. «Für dich. Manuel hat ihn mir vor Jahren gegeben. Ich sollte ihn dir aushändigen, falls er eines Tages nicht von einer Reise zurückkehrt.»

Als sie den Umschlag an jenem Abend öffnete, biss sie sich – um nicht zu weinen – die ganze Zeit auf die Lippen, bis sie bluteten.

Eine so dunkle Nacht habe ich noch nie gesehen. Wir sind in Vietnam. Es herrscht eine totale Stille, bis auf das Rauschen des Flusses in der Ferne, es riecht nach Regen, alles ist wie aus dicker Tinte.

Wenn du sie nur hören könntest, amorzinho, *die wahre Stimme der Stille!*

Es gibt hier sehr viel zu tun, aber ich bin nicht müde. Wenn diese Kinder dich ansehen, geben sie dir eine Energie, wie man sie nur in Urlauben am Meer verspürt. Sie sagen Danke *zu dir, weil du ihnen das Bisschen gibst, damit sie überleben können. Das bisschen, das für uns so selbstverständlich ist, dass wir es gar nicht mehr bemerken, das uns entgleitet, während wir uns vor dem Fernseher noch eine Flasche Bier aufmachen. Diese Menschen hier haben ein Herz, das ihnen vorauseilt. Hier ist Gott, Frida. Der Gott, an den du nicht glaubst, den ich aber jedes Mal, wenn ich zurückkehre und dich in meine Arme schließe, wiederfinde.*

Es gibt Nächte, da brennt das Getrenntsein von dir so schlimm in mir, dass ich mich frage, warum ich hier bin, am anderen Ende der Welt, auf einem anderen Breitengrad, in einer anderen Zeitzone, inmitten dieser Dunkelheit, wo es doch bei dir, während ich dir diese Zeilen schreibe, gerade taghell ist. Doch immer ist es derselbe Himmel über uns, und wir sind verbunden über die Brücke unserer Gedanken.

Ich weiß, wie viel ich dir nehme. Du hast dir einen Mann ausgesucht, der sich selbst nur im Schmerz anderer finden kann. In offenen Wunden, in Wundmalen, die die Seele zerfressen, in den vor Hunger weit aufgerissenen Augen, in den leidvollen Tagen von Menschen, die auf Heilung hoffen, die es nicht gibt.

Ich weiß, was du denkst. Du denkst, ich bin ein guter Mensch. Das hast du nachts, ein paar Tage vor meiner Abreise, zu mir gesagt, als du dich an meinen Bauch gekuschelt hast, wir auf der Seite lagen als zwei perfekt geschwungene Parallelen. Du hast gesagt: «Wir sind perfekt. Nur dass du ein besserer Mensch bist als ich.»

Aber das stimmt nicht, leider. Ich mache das, was ich machen muss. Manchmal kommt es mir vor, als hätte ich einen Mikrochip im Kopf, der mir Befehle erteilt, denen ich mich nicht entziehen kann. Doch welchen Preis musst du dafür bezahlen, nur weil ich meinen Weg gehe? Ich weiß, wie viel

Zeit du allein verbringen musst, und ich habe nur eine vage Vorstellung davon, wie es sein muss, mit einem Mann zusammen zu sein, der immer an einem weit entfernten Ort ist, auch wenn er dich mehr liebt als alles auf der Welt.
Ich schreibe dir diesen Brief, um dir zu sagen, dass ich dich überallhin mitnehme, wenn ich an einem weit entfernten Ort bin. Dass du jeden Meter, den ich auf dieser Erde zurückgelegt habe, mit mir bereist hast, jeden einzelnen Schritt mit mir gelaufen bist. Dass du jedem einzelnen Abend einen Sinn gegeben hast, wenn ich niedergeschlagen und erschöpft ins Bett fiel nach einem Tag, an dem ich ein Menschenleben vor dem Tod bewahrte. Wenn nichts mehr von Bedeutung zu sein schien in diesem Krieg ohne Grenzen, aus dem wir zwangsläufig immer als Verlierer hervorgehen werden, warst das Bedeutsame am Ende immer du.

Wenn du diese Zeilen liest, dann deshalb, weil ich nicht zurückgekehrt bin. Bitte versprich mir, dass du eins nicht vergisst: Ich bin immer da, in deiner Jackentasche, wie in jener Weihnachtsnacht damals in Köln, in unserer Küche zwischen Majoran und Zimt, in den Wolken, die du am Himmel betrachtest und die mit jeder Stunde ihre Form verändern.
Es wird auch nicht anders sein als all die Male, in denen wir aus der Ferne an den anderen gedacht haben, denn unsere Liebe ist über eine Brücke verbunden.
Du bist bei mir, egal wie weit weg ich bin.

Diesmal war es wirklich vorbei mit der Schatzsuche.

Gerade mal zwei Zentimeter Blau entfernt, auf dieser Karte, die da an der Wand hing.

5

DIE NICHT GELEBTEN ZEITEN

AUF DEM JAKOBSWEG

Vier Tage auf dem Jakobsweg sind anders als vier Tage im Alltagstrott. Die Zeit wird gedehnt, es sind Stunden jenseits der immergleichen, Halt gebenden Tagesabläufe, jenseits des Hamsterrads. Vier Tage auf dem Jakobsweg, das ist eine Zeit mit einer anderen Währung und eigenen Gesetzen, wie bei einem Krankenhausaufenthalt, wie in den letzten Tagen vor einer Prüfung oder wie beim Liebemachen. Denn die Stunden gehorchen nicht immer den Regeln einer Uhr – es gibt anarchische Stunden, die mit den unglaublichsten Dingen gefüllt sind, oder quälend lange wie die schlafloser Nächte.

Alma weiß das jetzt. Sie hat gelernt, die Signale ihres Körpers richtig zu deuten, schließlich ist die Lebensgestaltung immer vom Gesundheitszustand des eigenen Bewegungsapparats abhängig, man hat ja nur den einen. Sie hat Wetterumschwünge und das wechselnde Licht so oft beobachtet, wie selten in den letzten Jahren. Sie hat gelernt, die gute Einsamkeit von der schlechten zu trennen – Erstere bedeutet, sich selbst auf einem Waldspaziergang zu begleiten, Letztere bedeutet, sich auf einer Party mit vielen Menschen verloren zu fühlen.

Sie hat verstanden, dass ein mühsamer Aufstieg dafür da ist, um dann, wenn man oben ist und der Atem sich beruhigt hat, den Ausblick genießen zu können.

Sie weiß jetzt, dass die Schatten hier ihre eigenen Gesetzmäßigkeiten haben – am Morgen folgen sie dir, mittags treffen sie auf dich, am Abend eilen sie dir voraus –, und dass die Strapazen Schritt für Schritt erträglicher werden.

Jeden Morgen faltet sie ihren Zettel auseinander und liest den Namen, der auf das Dorf folgt, in dem sie eben aufgewacht ist. Sie sucht es auf der Karte, sieht sich den Weg an, aber nur kurz, sie will sich nicht entmutigen lassen von den Entfernungen, die sie zurücklegen muss, sie weiß, für wie viel Schweiß und Schmerzen in den Beinen sie stehen. Jetzt schultert sie ihren Rucksack und begrüßt den Tag wie einen Freund, den man morgens vor der Haustür trifft.

Sie sieht nicht auf die Uhr, wenn sie eine Pause macht, um zu essen und sich auszuruhen, sie hört nur auf ihren Magen und ihre Füße – ihrem Körper gefällt das. Die einfachen Orte liebt sie am meisten, die unspektakulären. Ihre schönsten Pausen sind die, wenn sie am Rande eines Kornfeldes im Schatten sitzt und Tortilla isst, wenn sie an einem kleinen

Steintisch schwarzen Kaffee trinkt oder ihre Füße in das kühle Wasser eines Baches hält. Die Welt ist eine prall gefüllte Schatzkiste, man muss nur die Augen offen halten.

Am Nachmittag erreicht sie über die hübsche Bogenbrücke über der Arga das Städtchen Puente la Reina, ihr Ziel für den heutigen Tag. Auf dem letzten Stück merkt sie, dass ihr Körper Befehle erteilen kann, und sie weiß auch, wie er das tut: durch Schmerzen, die zu deutlich sind, um über längere Zeit ignoriert zu werden.

Humpelnd betritt sie die *albergue*, eine einladende Herberge aus weißem Stein mit vielen Holztischen. In dem großen, kahlen Schlafraum setzt sie sich aufs Bett, zieht die Schuhe aus und stellt mit höchst genervter Miene fest, dass eingetreten ist, was sie befürchtet hatte: Sie hat Blasen an den Füßen. Und jetzt? Sie ärgert sich über ihre Naivität, sie hatte gedacht, sie brauche nichts, und falls doch, könnte sie ja immer noch in eine Apotheke gehen. Aber jetzt ist Sonntag, und wer weiß, wo die nächste Notdienstapotheke ist, außerdem kann sie sowieso keinen Schritt mehr tun.

Wie so oft taucht die Müdigkeit alles in ein noch viel düstereres Licht; sogar die Wände wirken jetzt bedrohlich, sie sind so glatt, so gleichgültig, bieten keinen Halt. Sie legt sich auf ihren Schlafsack und bedeckt mit ihrem Arm die Augen, um die Tränen zurückzuhalten.

Da hört sie neben sich Geräusche. Weil viele Pilger sich auch tagsüber hinlegen, sind die Fensterläden halb geschlossen, und Alma hat Mühe, im Halbdunkel etwas zu sehen. Trotzdem erkennt sie die Trompete wieder, die auf der Decke liegt, und gleich darauf François, der sich jetzt dem guten Stück widmet. Mit einem dünnen Tuch und geschickten Bewegungen poliert er sie. Wie schon bei der ersten Begegnung scheint er wie aus dem Nichts zu kommen.

Als er sie sieht, winkt er ihr zu, als würden sie sich schon ewig kennen. Wieder bemerkt er ihren unglücklichen Ausdruck im Gesicht. Als er sich neben sie setzt, klagt sie ihm ihr Leid, ganz leise, versteht sich, um andere nicht zu stören.

Gesegnete Solidarität unter den Pilgern, denkt Alma, während sie ihm ihre Füße zeigt. Und gesegnet sei der heilige Beschützer der Naiven.

François hat die Lösung: Heute kam eine Frau in die Herberge, die hat alles dabei, was man zur Behandlung von Blasen braucht, außerdem macht sie es gut, das hat er vorhin selbst gesehen. Er reicht Alma seinen Arm, führt sie zu dem kleinen Pool der Herberge und stellt die beiden einander vor. *Alma, Frida.*

Frida hat ihre grauen Haare zu einem Zopf geflochten, ihr drahtiger Körper bewegt sich mit höchster Selbstkontrolle. Ihre Lippen sind schmal, sie spricht ohne Akzent, ihre ernsten Gesichtszüge scheint sie voller Stolz zu präsentieren.

Sie rückt ihre Brille zurecht, um Almas Füße besser

untersuchen zu können. «Die hast du ja ganz schön zugerichtet», sagt sie sogleich. «Wie kann man nur den Jakobsweg gehen und nichts gegen Blasen mitnehmen?»

Das ist keine Frage, sondern ein Vorwurf. Und schon beginnt die Behandlung: Nadel zum Aufstechen der Blase und antibiotische Salbe gegen Entzündungen.

Alma senkt den Kopf, sie kommt sich vor wie eine Schülerin, die abgefragt wird und sich nicht vorbereitet hat. «Bist du Ärztin?», fragt sie angesichts der geschickten Bewegungen von Frida.

«Nicht wirklich», antwortet diese. Ihre Stimme erinnert Alma an die Ruhe eines Bergsees.

«Darf ich dich als Dankeschön auf einen Kaffee einladen?»

«Nein danke, ich möchte noch ein bisschen lesen.» Mit ihrem Erste-Hilfe-Set erhebt sie sich vom Liegestuhl und lässt den Geruch nach Chlor und Wundcreme und das Schimmern der letzten Sonnenstrahlen auf dem Wasser hinter sich. Alma sieht ihr – mit verbundenen Zehen und noch mehr offenen Fragen – nach, wie sie in Richtung Schlafsaal geht.

Am nächsten Tag, zu einer Zeit, in der die Sonne senkrecht steht und man mit den Füßen über den eigenen Schatten stolpert, schleppt sich Alma humpelnd eine Steigung hoch, als sie Frida im Schatten eines einsamen Mammutbaumes sitzen sieht. Mehr tut sie nicht, sie sitzt einfach nur reglos gegen den

Baumstamm gelehnt da und blickt auf einen Punkt in der Ferne. Vielleicht blickt sie auch auf überhaupt nichts, ihre Augen sind geöffnet, aber ohne jeden Ausdruck.

Alma nähert sich ihr, sie folgt dabei irgendeinem ihr bisher unbekannten Impuls – eine Mischung aus Neugier und Empathie. Darf ich?, meint ihre fragende Geste.

Frida zuckt zusammen, als hätte sie sie nicht kommen sehen. «Setz dich ruhig.»

«Hast du schon gegessen?»

Frida erzählt, sie habe neben einem Brunnen ihren Rucksack abgelegt und getrunken, in der Zeit habe sich ein herumstreunender Hund die Tüte mit ihrem Mittagessen geschnappt. Alma holt ein Stück Roggenbrot heraus und bricht es in zwei Hälften.

Zum ersten Mal sieht sie Frida lächeln, und das ist besser als der schmackhafteste Brotbelag. Schweigend essen sie das schlichte Mahl, während die sandige Straße vor ihnen mit Wärme auf die Wärme der Mittagssonne reagiert. Die Linie am Horizont in der Ferne ist verschwommen, der Dunst, der von den Feldern aufsteigt, lässt alles unwirklich aussehen.

«Tut mir leid wegen gestern, ich war unhöflich. Es ist gerade alles etwas schwierig.» Frida bewegt ihre dünnen Lippen beim Sprechen kaum. Alma ahnt, wie viel es sie kosten muss, diese Worte auszusprechen, und dass sie allein sein möchte, deshalb gibt Alma vor, es eilig zu haben. Sie schüttelt die Brotkrümel ab und streckt ihr beim Abschied noch eine Orange hin. «*Buen Camino*», sagt sie noch und meint, einen Anflug von Dankbarkeit in dem fast transparenten Blick der Frau zu entdecken. Vielleicht liegt es aber auch an der dunstigen Wärme, denkt sie, dass sie das Gefühl von Sättigung mit Dankbarkeit verwechselt.

~ ~ ~

Am liebsten würde ich mit allen Leuten, denen ich begegne, reden. Sie fragen, warum sie hier sind, wonach sie suchen, falls sie nach etwas suchen. Vielleicht sind sie auf der Suche nach einem Menschen, so wie ich. Einem Menschen, vor dem sie gleichzeitig fliehen. Denn genau das tue ich: Ich suche dich, damit ich dich gehen lassen kann.

Ich würde gerne ihren Geschichten lauschen, sehen, wie die Worte ein Zuhause für sie gestalten. Ich würde sie gerne alle in ein Heft schreiben und sie dann in meiner Buchhandlung verkaufen. Nicht weil ich gut schreiben kann, sondern weil die Geschichten dieser Menschen genauso viel wert sind wie jene, die berühmte Autoren veröffentlichen. Nur mit dem schönen Pluspunkt, dass sie wahr sind.

Zunächst möchte ich von Frida erzählen. Die Frau, die etwa im Alter meiner Mutter ist, hat etwas, das mich fasziniert. Ich kann nicht genau sagen, was. Als könnte ihr vermeintlich starrer Blick etwas vervollständigen, wonach ich suche. Denn oft setzt der Schmerz der anderen unserem eigenen Grenzen.

Unsere letzte Begegnung war heute Nachmittag. Nach Estella ging ich längere Zeit durch einen Wald; über mir ein

Blätterdach, ein wahres Lichtgewitter zwischen den Ästen. Ich ging fast auf Zehenspitzen, um mich nicht gar so klein zu fühlen, eine Wanderin in dieser paradiesischen Welt. Auf einer Lichtung stand eine Kapelle aus gelblichem Stein mit einem winzigen Glockenturm.

Jeder Ort gehört zu seiner eigenen Zeit, dieser hier war aber völlig zeitlos. Die Kapelle stand da, schweigend, wie in einer Blase unter einem unbewegten Himmel, in einer surrealen Stille. Ich ging drei Stufen hoch und trat ein. In der letzten Bankreihe aus Holz, weit weg vom Altar, sah ich sie dann sitzen. Wie neulich, als sie gegen einen Baumstamm lehnte, war sie zwar da, aber gleichzeitig war es, als sei sie woanders. Wie diese kleinen Figuren, die Kinder wahllos in ihr Sticker-Album kleben, eine Frau im Skianzug unter einem Sonnenschirm am Strand, ein Astronaut vor einem Käfig im Zoo.

Ich wartete, bis sie sich zu mir drehte, und zerstörte dann mit einer banalen Frage den Zauber ihrer Reglosigkeit: «Betest du?»

«Nein», gab sie zurück. «Ich versuche herauszufinden, was die Leute daran finden.»

Dann erhob sie sich, und wir gingen zusammen hinaus, vor uns der Wald. Als ich meinen offenen Schnürsenkel band, wartete sie, und ich nahm es als Einladung, ein Stück zusammen zu gehen. Ich passte meinen Schritt dem ihren an – einem sicheren, festen Schritt –, und so liefen wir nebeneinanderher.

Von ihr erfuhr ich, dass sie Psychologin und Analytikerin ist, aber seit einiger Zeit nicht mehr arbeitet. Den Grund kenne ich nicht, und weil ich merkte, dass sie ihn mir nicht sagen wollte, bohrte ich nicht weiter nach. Aber ich habe viel von mir erzählt, so spürte ich, wenn es bergab ging, meine schmerzenden Knie nicht so sehr, außerdem ist sie eine hervorragende Zuhörerin. Nicht nur, weil sie das schweigend tut, ohne einen zu unterbrechen, sondern vor allem, weil sie komplett darin aufgeht, in diesem Schweigen.

Ich habe sie bestimmt erschlagen mit meinem Redeschwall, und jetzt schläft sie im Stockbett unter mir. Ich weiß nicht, ob wir morgen wieder zusammen wandern, aber ich habe irgendwie das Gefühl, dass noch ein Stück Weg auf uns wartet, den wir gemeinsam gehen.

Frida lebt in Turin, sie ist, wie du, aus dem Piemont. Da musste ich natürlich gleich an dich denken, und so habe ich ihr von dir erzählt. Einen Großteil unserer Geschichte. Und während ich es erzählte, war es, als würde ich alles noch einmal durchleben, und während ich es noch einmal durchlebte, kam es mir so absurd vor!

Liebe ist ein Segen, zumindest glaube ich das. Auch wenn Frida erwiderte, dass sie auch ein großes Unglück sein kann. Aber ein Zauber ist sie allemal. Wie dumm wir doch sind – kleine Kinder, die ihr Lieblingsspielzeug im Keller liegen lassen, aus lauter Angst, es könnte beim Spielen kaputtgehen

Wenn man sich verliebt, entsteht ein Riss, keine Naht. Nähte sind was für Schneider oder für rationale Menschen, die sich mit wenig zufriedengeben. Man liebt nicht, weil es vernünftig ist, sondern man liebt trotzdem. Trotz *des Alters,* trotz *einer Religion,* trotz *einer anderen Kultur.* Trotz *der Entfernung.*

Liebe ist keine Liebe, wenn da kein «trotzdem» ist, das es zu umschiffen gilt.

Aber du hast schon entschieden, und diese Notizen sind höchstens noch dafür gut, um daraus einen Papierflieger zu basteln.

Und doch ist es ein gutes Gefühl, auf deinen Spuren zu wandeln. Ich betrat die Basilika von Estella und stellte mir vor, wie du dort sitzt, um dich in der wohltuenden Kühle auszuruhen, während sich das Licht durch die hohen, bunten Fenster bricht.

Zu Orgelmusik und dem Geruch nach Weihrauch dachte ich mir, was für ein Wunder es wäre, wenn du jetzt neben mir sitzen könntest und unsere Knie sich nur leicht berühren würden. Hättest du da gesessen, neben mir, hättest du bestimmt gesagt, du magst den Geruch nach Weihrauch nicht, und dass du dich auf einem Feld wohler fühlst als in einer Kirche, denn auf einem Feld kann man auch den Himmel sehen, und nicht nur Gott. Aber dann wärst du ganz klein geworden beim Anblick eines Alten, der die Kirche betrat und mühsam ein Bein hinter sich herzog, du hättest tief eingeatmet und dabei hätte sich deine Brust nur leicht gehoben, genau das tust du auch, wenn dich etwas stark bewegt und dir die Worte fehlen.

Nachdem der Alte wieder aus dem Lichtkegel getreten war, mit seinem Bein, das er wie einen gebrochenen Stock hinter sich herschleifte, blieb ich allein zurück mit meinem Bild von dir, der ihm nachblickt.

Éluard schreibt: «Ich liebe dich für alle Zeiten, die ich nicht gelebt habe.»

Und ich liebe dich trotz *all der Zeiten, die ich von dir getrennt leben musste.*

~ ~ ~

6

WENN DER SCHIEDSRICHTER DAS SPIEL BEENDET

SEPTEMBER, NEUN MONATE ZUVOR

Wenn sich eine Liebesgeschichte anbahnt, wird irgendwann ein Punkt erreicht, an dem sich die Ereignisse überschlagen. Sobald die Zweifel an den Gefühlen des anderen beseitigt sind, gibt man seine vermeintlich abwartende Haltung auf, und das Liebeskarussell kann seine rasante Fahrt aufnehmen.

Seit dem Weinfest verbrachten Alma und Bruno jede freie Minute miteinander. Am Tag waren sie zusammen auf dem Feld und verwandelten die Arbeit in ein Fest, nachts gaben sie der Müdigkeit keine Chance, um jede gemeinsame Minute in vollen Zügen zu genießen. Nicht einmal Träume konnten an diese Wirklichkeit heranreichen.

Die zwei Wochen Urlaub vergingen wie im Flug. Allmählich färbten die warmen Oktoberfarben die Tage in ein mildes Herbstlicht, die brütende Hitze verwandelte sich in eine angenehme Wärme und sorgte für einen milden Schimmer unter dem klaren Himmel, eine wahre Wohltat für die Augen. Zwei

Tage vor der geplanten Abreise lagen Alma und Bruno abends eng umschlungen in seinem Zimmer auf dem Bett – ein kahler Raum, wo eine Kerze Licht spendete und im Winter ein Ofen für Wärme sorgte. Kein Fernseher, kein Computer. «Ich sitze lieber draußen und betrachte Hügel und Felder. Morgendämmerung, Sonnenuntergänge und Gewitter sind meine Lieblingssendungen», sagte Bruno. «Um zu wissen, was auf der Welt passiert, lese ich eine Tageszeitung, und für den Dorfklatsch gehe ich in die Bar.»

An jenem Abend drückte Alma ihn ganz fest an sich, sie holte tief Luft, dann sagte sie: «In zwei Tagen fahre ich.»

«Wir haben doch gesagt, wir wollen nicht daran denken ...»

«Stimmt.»

«Ich musste auch schon daran denken.»

«Und?»

«Ich finde, du solltest noch bleiben. Deine Buchhandlung wird erst in ein paar Monaten eröffnet, du hast noch Zeit.»

«Wofür?»

«Um zusammen zu sein. Dann sehen wir weiter.»

Genau darauf hatte sie gewartet. Vor der Eröffnung musste sie noch einiges organisieren – ein paar Probleme gab es auch –, aber das könnte sie ja von hier aus, vielleicht mit Monicas Hilfe, die sie sicherlich unterstützen würde, denn sie gönnte ihr das neue Liebesglück von ganzem Herzen. Zwei Tage später reiste ihre Freundin alleine ab, vorher gab es noch etliche Umarmungen, Ermahnungen und ein komplizenhaftes Augenzwinkern.

Danach wohnte Alma ganz offiziell bei Bruno. Seine Familie nahm sie herzlich auf, und durch deren warme Art, wie einfache Leute sie häufig haben, fühlte sich Alma sofort wohl bei ihnen. Die Mutter, Rita, lud sie oft zum Mittagessen ein. Sie war eine wahrhaftige Meisterköchin, die es schaffte, aus Wildkräutern, Beeren oder Resten vom Vortag ein Festmahl zu zaubern. Und Alma, die schlichtes Essen gewohnt war, das sie sonst vor dem Fernseher zu sich nahm, fühlte sich richtig verwöhnt und lernte, dass ein liebevoll zubereitetes Mahl eine Geste der Zärtlichkeit ist.

Oft half sie mit beim Gärtnern hinter dem Haus. Sie mochte den kleinen Gemüsegarten unter den Apfelbäumen, sie mochte den Duft nach Basilikum und die feuchte Erde zwischen ihren Fingern. Sie beobachtete Rita, wie sie flink Bohnen erntete, Wirsing goss oder den Katzen und Hunden zu fressen gab. Dabei dachte sie, wie sehr sich diese Welt doch von ihrer unterschied.

Es gab ein Pferd, das sich auf dem ganzen Hof frei bewegen durfte, Champagne. Als Dank für die jahrelangen, treuen Dienste ließ Bruno es jetzt, da die Gelenke des Tieres durch das Alter steif geworden waren, frei herumlaufen. So kam es vor, dass es seinen Kopf zum Küchenfenster hereinsteckte oder dass es sich Brot schnappte, das jemand auf der Bank vor dem Haus liegen gelassen hatte. Doch wenn sie abends auf den Hof zurückkehrten, sahen sie es fast immer vor dem Tor stehen, eine helle, massige Gestalt, die gemächlich Gras fraß und eine verträumte Ruhe ausstrahlte.

Da die Ferienzeit vorbei war, kamen nur noch wenige Besucher, und dann auch nur am Wochenende. Bruno arbeitete viel auf dem Feld, seinen Hund Tabui hatte er immer dabei. «Das ist mein bester Freund», hatte er ganz am Anfang gesagt. Jetzt war die Zeit der Maisernte angebrochen, und Alma saß neben ihm auf seinem unbequemen Traktor und war aufgeregt wie ein kleines Mädchen. Angespannt hielt sie sich an der Tür fest, um nicht das Gleichgewicht zu verlieren. Sie betrachtete die gemähten Felder, ihre veränderte Farbe, je nachdem, wie feucht der Boden war, und einen ulkigen schwarzen Raben, der über ihnen in der Luft herumpickte. In der Ferne erblickte sie ein Meer aus hohem, wogendem Gras, reife Weinstöcke, die in Stufen am Hang wuchsen, und die impressionistisch anmutenden Blätter der Ahornbäume, die der Wind leicht bewegte. Von einem Punkt aus konnte man die Reisfelder sehen, Bruno nannte sie *das quadratische Meer.*

Mit Wörtern füllte Alma das Schweigen, in das Bruno normalerweise während seiner Arbeit zwischen ordentlich aufgereihten Weizenähren gehüllt war und das nur vom Tuckern des Traktors und dem Zirpen der Zikaden unterbrochen wurde. Sie redete und redete, und er drückte durch kleine Gesten das aus, was er eigentlich aussprechen wollte. Sie lachte, er saß am Steuer, nahm ihre Hand und führte sie zu seinem Mund. Sie erzählte ihm aus ihrer Kindheit, und er streichelte ihr Knie, als müsse er sie wegen einer aufgeschürften Wunde trösten.

Als sie ihm einmal eine Episode erzählte, die schon sehr lange her war, wurde sie tatsächlich etwas traurig. Sie dürfte damals sechs oder sieben gewesen sein, ihr Opa war zu Besuch, er war sehr groß, hatte einen Buckel von seiner Arbeit als Schuster und schwielige Hände wegen seiner Vorliebe fürs Schreinern. Mit vor Stolz glänzenden Augen hatte er ihr ein Segelschiff entgegengestreckt, das aus kleinen Kirschholzstückchen zusammengesetzt war – sicherlich hatte er monatelang an dem Geschenk gebastelt. Alma freute sich darüber, merkte aber sofort, dass es eher etwas zum Anschauen war und man nicht richtig damit spielen konnte, so zerbrechlich, wie es aussah. Noch am selben Nachmittag kam ein Schulfreund zum Spielen. «Schau mal, was ich habe!», rief er schon von weitem.

In der Hand hielt er eine Ausgabe ihrer Lieblingszeitschrift, an die nur schwer heranzukommen war.

«Bitte, gib sie mir!», schrie sie mit weit aufgerissenen Augen über den ganzen Hof zurück.

Als er vor ihr stand, fragte er in kindestypischer Manier: «Und was kriege ich dafür?»

Sie sah sich um, und das Erstbeste, was ihr für einen Tauschhandel geeignet schien, war das Holzsegelboot. «Dieses wunderschöne Schiff», antwortete sie.

Reflexartig drehte sie sich zu ihrem Opa um und sah einen Ausdruck auf seinem Gesicht, den sie nie vergessen würde: ein gequältes Lächeln, das eine tiefe Enttäuschung zu verbergen suchte. Sie verspürte einen Stich, aber es war schon zu spät, um das Angebot zurückzuziehen, und vielleicht hätte sie das ja auch gar nicht gewollt, so erpicht war sie auf die Zeitschrift.

Seitdem ertrug Alma es nicht, jemanden zu sehen, der versucht, seine Enttäuschung zu verbergen, um dem, den er liebt, seine Freude nicht zu verderben.

Bruno hielt den Traktor an, holte tief Luft, seine Brust hob sich leicht, er suchte nach tröstenden Worten, doch die Worte kamen nicht. In einer zärtlichen Geste trocknete er ihre Tränen und sagte dann: «Ich mag alles an dir. Alles ...» Es war das Schönste, was je ein Mann zu ihr gesagt hatte. Noch schöner als das Holzsegelboot.

Alma riss die Augen weit auf, um all das Gelb und das Blau in der Ferne abzuspeichern. Während Bruno sich wieder aufs Fahren konzentrierte, versuchte sie, jedes Detail seiner Gesichtszüge in ihrem Gedächtnis zu verankern, einen Flickenteppich der Erinnerung zu fabrizieren, um sich mental einen sicheren Hafen zu erschaffen, den sie ansteuern könnte, wenn sie schon bald so viele Kilometer trennen würden. Denn sie musste immer wieder an einen Satz von Cesare Pavese denken: «Was bringt es, den Tag zu leben, wenn man sich später nicht erinnern kann?»

Einmal, es war spät am Nachmittag, fragte Bruno sie, warum sie beschlossen hatte, eine eigene Buchhandlung aufzumachen.

«Es gibt zwei Dinge, von denen ich schon immer geträumt habe», antwortete sie. «Das erste hat mit dem Geschäft zu tun. Es liegt im historischen Zentrum von Bologna und gehörte meiner Großtante, der Schwester meiner Oma, es war ein Krämerladen. Als ich klein war, schenkte sie mir immer diese pappsüßen, weiß-rosa Bonbons, und als ich schon ein bisschen größer war, half ich ihr manchmal im Laden, wenn ich mit den Hausaufgaben fertig war. Ich liebte es, auf den kleinen Hocker zu klettern und die Leute zu beobachten, zu hören, wie sie ein Kilo frische Nudeln oder Obst verlangten, wie sie den Laden mit den Taschen voller Leckerbissen verließen. Ich dachte, Glück ist etwas ganz Kleines, das in eine Brottüte passt. Und ich dachte, das ist ein schönes Leben, hinter der Theke zu stehen und den Menschen, die kommen, ihre Wünsche zu erfüllen.

Als ich dann älter wurde, wusste ich, was meine wahre Berufung ist: Bücher. In der Schule mussten wir viel lesen, aber anfangs hielt sich meine Begeisterung in Grenzen. Erst später begann ich, die Geschichten zu lieben, wenn ich in den Sätzen, die dort standen, meine Sicht der Dinge wiederfand. Als hätte Lesen meinen Durst auf etwas gestillt, ihn aber gleichzeitig auch ausgelöst. Auf jedes Buch reagierte ich anders, wie auf einen Reiz, und ich konnte mich mit Gedanken identifizieren, von denen ich gar nicht wusste, dass ich sie hatte. Meine Gedanken hatten also auch andere Menschen schon gedacht. Verrückt, oder? Oft mache ich ein Spiel, ich denke mir eine Frage aus, schlage irgendeine Seite von einem Buch auf, das ich gerade lese, und suche dort die Antwort, man kann Bücher nämlich durchaus befragen. Ich habe jahrelang in einer Bibliothek gearbeitet, und selbst zwischen den sterilen Wänden dieser Räume fühlte ich mich wie in einem blühenden Garten. So wurde ich zur größten Reisenden unter lauter Menschen, die sich nicht von der Stelle rühren.»

Bruno hielt den Traktor mitten auf dem Feld, um ihr besser zuhören zu können.

«Den Krämerladen übernahm dann eine Frau mittleren Alters und machte daraus ein Kurzwarengeschäft. Als ich vor ein paar Monaten sah, dass es zum Verkauf stand, habe ich nicht lange gefackelt und von dem Geld, das ich nach jahrelanger Arbeit zur Seite gelegt hatte, einen Kredit aufgenommen. Es wird ewig dauern, bis ich ihn abbezahlt habe, aber ich weiß auch, besser hätte ich mein Geld gar nicht anlegen können. Ich befinde mich am magischen Ort meiner Kindheit und versuche, Menschen glücklich zu machen, indem ich ihnen Geschichten ans Herz lege. Ich glaube, dass Bücher weiterzuempfehlen genauso wichtig ist, wie sie zu schreiben. Wenn man eine Geschichte und einen Menschen zusammenführt, ist es, als würde die Geschichte aus den Buchseiten heraustreten, real und damit erst wirklich bedeutsam werden. Als würde man ihr ein Leben schenken, das wertvoller ist, weil es nicht mehr im Buch, sondern im wahren Leben spielt. Es ist wie mit einem Brief – ihn zu überbringen ist genauso wichtig, wie ihn zu schreiben.»

Alma hatte voller glühender Begeisterung gesprochen; jetzt, als sie fertig war, sah Bruno sie mit leicht zugekniffenen Augen an, wie wenn man in das Licht einer Lampe blickt. Der Duft nach feuchter Erde lag in der Luft, und, so kam es Alma vor, auch nach Zukunft.

«Und was würdest du tun, wenn du nicht hier leben würdest?», fragte sie.

«Ich wäre nicht ich, wenn ich nicht hier leben würde», gab er zurück.

«Aber wenn man dich zwingen würde, dich für ein anderes Leben zu entscheiden», bohrte sie weiter.

«Dann wäre ich wahrscheinlich ein Pilger. Vor ein paar Jahren bin ich den Jakobsweg gegangen, das hat mir geholfen, einiges zu verstehen.»

«Was zu verstehen?»

«Dass ich genau da bin, wo ich sein möchte. Dass ich lieber gar kein Zuhause haben möchte, wenn ich nicht in diesem Dorf und in diesem Haus leben kann.»

Im selben Augenblick nahm Alma die Größe dieses Menschen wahr, der weiß, wo sein Platz in der Welt ist. In seinen Worten lag aber auch eine Drohung, eine leise zwar, doch zu überhören war sie nicht. Durch das Fenster sah sie die klare Trennlinie zwischen einem gelben Stoppelfeld und einem umgepflügten Acker. Es kam ihr vor, als wäre ihr Herz wie dieser Boden hier, der ohne Widerstand zu leisten nur darauf wartet, umgegraben zu werden.

Tag für Tag sehnten beide ungeduldig den Abend herbei, wenn sie sich ungestört voll und ganz dem anderen widmen konnten. Manchmal sattelten sie zu Sonnenuntergang zwei Pferde und machten einen Ausritt, und es war, als gäbe es nur das Gras unter den Hufen, die allmählich verschwimmenden Umrisse der Hügel und den Oktoberhimmel, der manchmal einem Flammenmeer glich. Alma betrachtete diese Landschaft, die gar nicht so weit weg war von der, die Cesare Pavese und Beppe Fenoglio während des Krieges und zu Zeiten der Resistenza durchschritten hatten, und sie fühlte sich eingebettet in etwas Großes, irgendwo zwischen Liebe, Geschichte und Literatur. Sie fühlte, alles war mit allem verbunden, und dass die Kluft zwischen dem, was war, und dem, was sie sich gewünscht hätte, aus zwei Wörtern bestand, die aber nicht ausgesprochen wurden: *für immer.*

Oft gingen sie in die Dorfkneipe, um ein paar Freunde zu treffen, sie kamen gerade von der Weinernte und hatten ganz violette Finger. Man begrüßte sich, klopfte sich auf die Schulter, nur selten setzten sie sich zu den anderen, um ein Glas zu trinken, denn sie wollten den Abend zu zweit genießen. So holten sie meistens nur schnell eine Flasche Barbera del Monferrato und machten sich wieder auf den Heimweg, in Brunos Geländewagen, zu einer Musik, die sie zusammen ausgewählt hatten, sie sang, er klopfte im Takt mit dem Daumen gegen das Lenkrad. Manchmal hielt er auch an und stellte den Wagen am Rande einer Wiese ab, er kannte ja jeden Hügel hier. Sie setzten sich, blickten in den Sternenhimmel und versuchten, das Bild in ihr Gedächtnis einzubrennen, um es dann, wenn sie getrennt wären, wieder abzurufen. Im feuchten Gras der Nacht verschränkten sie ihre Finger ineinander, um ihre Wünsche zu vereinen, um die Geheimnisse auszutauschen, die nicht ausgesprochen wurden.

«Warst du jemals richtig verliebt?», fragte Alma ihn nach einer Weile, weil ihre Neugier größer war als ihre Eifersucht.

«Ja, sehr sogar. Ein Mal, und da so richtig! Aber vor ein paar Jahren ging es in die Brüche.»

«Möchtest du mir von ihr erzählen?»

«Nein, es tut noch weh.»

Alma wusste, es hätte keinen Sinn weiterzubohren, also fragte sie nicht weiter nach.

Schweigen herrschte nur selten zwischen ihnen, und wenn, dann fühlte es sich vertraut an, wenn sie nebeneinanderlagen und die Nacht festhielten, ja, sich in ihr verkrochen und sie nicht mehr loslassen wollten. Es waren kleine Gesten der Zärtlichkeit: Er strich ihr sanft übers Haar und entfernte dabei ein Blatt, das sich darin verfangen hatte, sie strich ihm über die Wangen und entfernte die Spuren eines Kusses.

«Heute haben deine Augen eine ganz andere Farbe», sagte er zu ihr, es war an einem wolkenlosen Tag.

«Ich weiß, mit dem Licht verändert sich auch ihre Farbe.»

«Dann passen sich deine Augen ja immer dem Himmel an.»

Eines Abends zur Essenszeit trat Alma aus dem Haus, nachdem sie geduscht hatte, und fand zwei gesattelte Pferde vor. Fragend sah sie Bruno an. Er packte gerade einen Rucksack und meinte nur: «Heute ist Vollmond.»

Ein paar Minuten später saßen sie schon im Sattel und ritten auf schmalen Wegen durch die Hügellandschaft, während Tabui vorauslief. Allmählich senkte sich die Dunkelheit über sie, und so hielten sie sich an den Mond, der Stück für Stück über dem Horizont zum Vorschein kam, schüchtern zunächst, dann immer mutiger und rötlicher. Die Pferde gingen nebeneinanderher, und Alma hätte am liebsten nach Brunos Hand gegriffen, aber sie begnügte sich damit, neben ihm zu reiten und die hell schimmernden Wege mit den Lichtspielen der Straßenlaternen weiter unten zu betrachten. Es roch nach brennendem Holz, das schon ein paar Kamine heizte, und nach Wiesen, die nachts einen einzigartigen Duft verströmen.

Auf einer Kuppe hielten sie, und unter ihnen öffnete sich ein phantastischer Anblick: dichte Wälder, in der Ferne hell schimmernde Dörfer und etwas weiter weg die tiefschwarze Silhouette der Berge. In der Mitte des kleinen Plateaus war noch eine alte Feuerstelle, wo Bruno nun ein Lagerfeuer anzündete. Ganz verzaubert betrachtete Alma die lodernden Flammen und die tausendfach fliegenden Funken. Bruno holte eine karierte Tischdecke aus dem Rucksack und legte Brot, Salami, etwas Käse, eine Flasche Wein und eine mit Wasser darauf. Auf einem Stein sitzend begannen sie zu essen, ihre Gesichter wurden vom Feuer gewärmt, neben ihnen schnaubten die Pferde. Das Zirpen der Grillen war verstummt, doch ab und an krähte ein Hahn, dessen Zeitgefühl wohl etwas durcheinandergeraten war. Die Stimmung war heiter, sie aßen und fühlten sich wie Kinder auf ihrer ersten Entdeckungsreise.

Alma schämte sich ein wenig und konnte ihm nicht in die Augen sehen, als sie sagte: «Ich habe Angst, dass ich dich liebe.» Es war ihr ein tiefes Bedürfnis, ja geradezu eine Notwendigkeit, diesen Satz auszusprechen. Als er antwortete, klang seine Stimme, als hätte er zuerst gelacht und dann geweint: «Ich habe keine Angst, weil ich schon längst weiß, dass ich dich liebe. Ich habe die Angst hinter mir gelassen, es bringt ja sowieso nichts, sie mit sich herumzuschleppen.»

Nachdem sie das Feuer ausgemacht und alles eingepackt hatten, machten sie sich auf den Heimweg und ritten zunächst durch ein dichtes Wäldchen. Durch das Gehölz drang nur wenig Licht, und wenn sich eine Wolke vor den Mond schob, wurde es sogar ganz finster. Ohne zu zögern, ritt Bruno voran, Alma folgte ihm und vertraute ganz auf den Instinkt ihres

Pferdes. Wenn die Hufe der Tiere Äste zerbrachen, zuckte sie zusammen, doch die geheimnisvolle Finsternis des Waldes nahm ihr nicht den Blick für die Schönheit dieser Nacht. Sie dachte, sollte jemals ein anderer Mann dieses Geschenk toppen wollen, hat er kein leichtes Spiel.

Irgendwann hat alles ein Ende, nur verdrängt man das allzu gern. Es gibt aber Phasen im Leben, deren Ende schon von weitem neongelb leuchtet wie ein fettes Preisschild auf einem Waschmittel. Vielleicht erscheinen einem diese Phasen besonders perfekt, weil sie durch das drohende Ende besonders wertvoll werden. Was ihre gemeinsame Zeit anging, so stand unweigerlich der gefürchtete Abpfiff bevor, der Schiedsrichter beendet immer dann das Spiel, wenn es gerade am schönsten ist.

«Wird es bei dir auch so laufen wie bei den anderen Männern, die mich schnell wieder vergessen haben?», fragte sie ihn einmal, als sie abends am Waldrand saßen.

«Ich habe das Gedächtnis eines Zugvogels», gab er zurück. «Es ist viel ausgeprägter als das anderer Vögel, weil Zugvögel ja in der Lage sein müssen, wieder zurückzukehren.»

«Und würdest du gerne zurückkehren zu unserer gemeinsam verbrachten Zeit?»

«Erst mal wird es schwer, dich überhaupt gehen zu lassen.»

«Glaubst du nicht, es gibt einen Weg, damit wir zusammen sein können?», fragte sie wie ein Kind, das noch ein Stück Kuchen verlangt, obwohl es die Antwort schon kennt.

«Nein, Alma, ich glaube nicht», sagte er. «Ich möchte ja, aber wir haben beide unseren Platz in der Welt. Ich kann von dir nicht verlangen, dass du deinen Laden aufgibst, dein Leben, und ich kann hier nicht weg. Ich bin wie eine Pflanze, die im Asphalt keine Wurzeln schlagen kann.»

Alma schluckte, sie wollte nichts mehr hören. Sie presste sich an Bruno, klammerte sich an ihn, an diesen Augenblick, an diese Nacht, und das so fest wie jemand, der alles hat und alles verlieren kann.

Die Zeit raste unerbittlich weiter, der Tag des Abschieds war gekommen, und sie mussten sich trennen. Sie taten es, indem sie sich versprachen, in Kontakt zu bleiben, und viele Dinge in der Schwebe hielten. Er blieb ernst, sie kaschierte ihr Schluchzen mit einem Hustenanfall.

Zum Bahnhof wollte sie nicht gebracht werden, eine Verabschiedung am Gleis hätte so etwas Endgültiges gehabt. Als der Bus kam, sagten sie *Ciao*, sie mit ihrem Trolley in der Hand und schon wieder im passenden Outfit für die Stadt. Er blieb am Straßenrand stehen, dort, wo das Unkraut den Asphalt besiegt hatte, und streichelte seinen Hund.

7

DU BIST DER BÄR UND DIE HÖHLE

AUF DEM JAKOBSWEG

Die Straße, die die Hochebene durchtrennt, ist wie ein Pfeil, der auf den Horizont abgeschossen wurde, anvisiertes Ziel ist das Ende der Welt. Viel gibt es hier nicht, auf dieser *meseta*, die sich von Burgos kilometerlang ausweitet, nur das Gelb der Weizenähren oder deren Stoppeln. Und dann ist da noch dieses grelle, befremdliche Licht, das so typisch ist für manche spanischen Landstriche mit den weiten Ebenen, die dem Auge keinen Halt geben.

Auf Alma wirkt es beruhigend, für Frida ist diese Erstarrung eine Qual. Auch hier trifft man immer wieder auf die kleinen Türmchen aus Steinen, die die Pilger weiß Gott wo finden, sie stehen für das Gebet oder die guten Vorsätze und sehen aus, als wären sie aus der Erde geschossen wie Pilze.

Sie gehen, es ist ein stilles Gehen, da sind nur das Knirschen der Schuhe auf den Schotterwegen, der Gesang eines Vogels, der Gruß eines Pilgers, *ultreya!* Es ist auch ein einvernehmliches Gehen, weil sie aufeinander warten, weil sie ähnliche Empfindungen haben. Sie haben keine Angst, sich zu verlieren, auch nicht – wie am Anfang –, allein zu sein, und trotzdem warten sie immer aufeinander, im Schatten eines Baumes sitzend oder am Tisch eines kleinen Lokals im Freien. Sie teilen Essen und Trinken, wenn es bei einer von ihnen knapp wird. Sie teilen den Schatten unter einer Weide, sie teilen auch ein Dach oder eine Brücke, wenn sie Schutz vor einem plötzlichen Regenguss suchen. Sie lernen, dass Teilen die Chance, ihre abenteuerliche Reise glimpflich zu überstehen, um ein Vielfaches erhöht.

Meistens gehen sie schweigend nebeneinanderher, bis Alma anfängt zu sprechen und Frida zuzuhören, als wären ihre Rollen so unabänderlich festgelegt wie die Entfernung zwischen den einzelnen Etappen und die verschiedenen Höhenmeter. Frida weiß mittlerweile alles über Bruno, über diese Liebe, die keine Chance hatte gegen die Entfernung, gegen diese zwei Welten, die sich berührt haben, sich aber nicht vereinen konnten. Frida kommentiert nichts, sie stellt nur Fragen. Gleichzeitig fühlt sie sich weniger labil durch die Gesellschaft dieser Frau, die so voller Enthusiasmus und Energie ist.

Mit etwas Mühe erklimmt Alma eine Hochebene, und ihr wird klar, dass sich das Pilgern verselbständigt, dass es zu einer dritten Person wird und seinen eigenen Willen auf eine Art ausdrückt, die sie bis vor kurzem noch nicht verstanden hätte.

Einen ersten Beweis dafür bekommt sie noch am selben Tag, als Frida und sie beschließen zu rasten. Sie brauchen eine Pause, und die bietet sich an, als sie eine kleine Holzhütte erreichen, deren Name mit gelbem Lack über dem Eingang geschrieben ist: *Oasis de la Concha.* Davor stehen auf einem provisorischen Tisch aus ein paar Brettern etwas Obst, ein Kanister mit Wasser und selbstgemachte Süßspeisen. Die Pilger können sich bedienen und dafür eine Kleinigkeit spenden. Gleich dahinter sieht man eine mit gelben Blumen geschmückte Statue vom heiligen Jakob, der ins Gebet vertieft ist, ein paar Holztische, riesige Sonnenschirme und eine Gruppe von Leuten, die dieses völlig unverhofft aufgetauchte Paradies genießen. Alma und Frida gesellen sich zu ihnen und nehmen in radebrechendem Englisch oder *Pilger-Esperanto* an den Gesprächen teil. In der Runde sitzen ein Pärchen – es sind zwei junge orientalische Frauen –, ein Ehepaar aus Florenz, ein paar Deutsche und ein Mann mittleren Alters aus Rajasthan. Sie trinken Wasser oder Bier, tauschen Anekdoten ihrer Pilgerreise und warten darauf, dass sich die Sonne etwas gnädiger zeigt.

Um die Sonnenschirme sind kleine Fähnchen aufgestellt, die Sprüche darauf erinnern an tibetanische Gebete, oft sind es auch Anspielungen auf Lebensphilosophien von Einstein: *Imagination encircles the world.* Oder: *The only real valuable thing is intuition.*

«Ich möchte euch ein Spiel vorschlagen.» Das war Peter, der jetzt die Aufmerksamkeit der Gruppe auf sich lenkt, er ist der Betreiber der *Oasis*, auch er ein

Deutscher und von beeindruckender Gestalt. Alle drehen sich zu ihm und sind ganz Ohr. Er spricht fließend Englisch mit einem leichten Akzent. «Ich mache das jeden Tag mit meinen Gästen, ich erkläre kurz, wie's geht. Ihr bekommt Papier und Stift in die Hand und könnt aufschreiben, was eure Wünsche, eure Hoffnungen und überhaupt eure Gründe sind, warum ihr den Jakobsweg geht. Die Blätter kommen dann in diesen großen Pappkarton hier. Wenn ihr wollt, können wir nachher die Zettel von denen lesen, die vor dreizehn Tagen hier waren. In der Regel müsste jemand, der vor dreizehn Tagen hier war, ungefähr heute in Santiago eintreffen. So treten die Pilger miteinander in Kontakt, wenn man so will. Sie erfahren etwas über die Reise der anderen und können voneinander lernen.»

Alle sind begeistert und schreiben ihre Gedanken auf; die einen brauchen dafür fünf Minuten, andere eine gute halbe Stunde. Gleich danach fischt jeder einen Zettel aus dem Karton und liest – wenn auch mit Schwierigkeiten bei der Übersetzung, doch man hilft sich gerne gegenseitig – die Notizen eines Vorgängers vor, dessen Gedanken und das, was ihm bisher passiert ist.

Da wäre zum Beispiel Arnaldo, der seit sechs Monaten mit seinem Hund unterwegs ist, ein klassischer Balletttänzer, der Inspiration sucht, oder Olga, eine nervöse Frau mit einer ebenso nervösen Schrift. Es scheint, als würde unter dem strahlenden Sommerhimmel mit jedem vorgelesenen Zettel ein neues Gesicht an diesem Tisch auftauchen, eine eigenständige Persönlichkeit mit einer eigenen Geschichte. Die Zeit vergeht wie im Flug, hoch oben schieben sich nun ein paar Wolken vor die Sonne, eine wahre Wohltat für die Augen. Alma stellt Ettore vor, einen Weltenbummler aus Berufung, der Santiago zum Ziel einer nie endenden Reise auserkoren hat. Er pilgert fast ausschließlich nachts mit einer Stirnlampe und schläft nachmittags in einer Herberge oder meistens unter irgendeinem Baum am Wegesrand. Fragt man ihn, warum er diese einsame Art zu pilgern wählt, sagt beziehungsweise schreibt er, es war nicht seine Entscheidung, es war die Nacht, die ihn sich als ihren Begleiter ausgesucht hat. Und die Nacht, so schreibt er weiter, kennt viel mehr Wahrheiten als der Tag, wo das Licht das Wesen der wahrhaftig wichtigen Dinge verfälschen kann.

Dann ist Frida an der Reihe mit den zwei Blättern, die sie herausgefischt hat. Mit ihrer typisch festen und klaren Stimme beginnt sie zu lesen.

Ich lebe seit fünfzehn Jahren in Italien. Ich gehe nach Santiago, weil ich einen Schmerz vertreiben möchte. Ich will ihn hinter mir lassen, unter einem Stein ablegen oder in einer Mauerritze. Das Putzunternehmen, für das ich gearbeitet habe, hat mich entlassen, ich habe kein Geld mehr. Bevor ich mir etwas anderes suche, mache ich den Jakobsweg, das habe ich beschlossen. Zu Hause, in Syrien, war ich Lehrerin. Aber es gab keine Jobs, und weil meine Kinder hungerten, musste ich mein Land verlassen. Ich ließ beide bei meiner Mutter, weil ich Witwe bin. Sie hat sie großgezogen. Wir haben immer telefoniert, jeden Monat schickte ich ihnen Geld. Auch wenn ich nicht glücklich war, so versuchte ich es wenigstens. Ich tat so, als wäre ich glücklich, und weil ich es allen vorspielte, sah es irgendwann auch so aus.

Aber vor einem Jahr habe ich alles verloren. Auch meine Erinnerungen. Ich habe fast keine mehr, auch wenn ich überlege und überlege. An die Angaben in meinem Ausweis kann ich mich gerade noch so erinnern, das war's dann aber auch. So ist das, wenn die eigenen Kinder sterben. Sie sind das Bündnis, das man mit dem Leben schließt. Lass sie doch leben und lasse mich dafür zurück, ich werde gerne zu Dünger für die Erde, wenn du im Gegenzug ihnen das Leben schenkst. Ihr Fleisch – und das ihrer Kinder und das von deren Kindern und von deren Kindern – wird mich begleiten bis in alle Ewigkeit, wenn mich die Erde schon längst vergessen haben wird.

So wäre es richtig gewesen. Sie sollten nicht unter einem gekenterten Boot enden, umgeben von Wasser. Der Himmel sollte ihr Dach sein, nicht ein paar Bretter und Meersalz.

In den letzten Jahren bekam ich nur noch Briefe und Fotos. Viele waren unscharf, auf einigen spielten sie, auf anderen winkten sie, wie um ihrer Mama hallo *zu sagen. Auf den letzten Fotos – sie waren schon Jugendliche – hatten sie einen stolzen Blick und ihre Hände in den Taschen vergraben. Jetzt sind nur Steine, Fische und Muscheln in ihren Hosentaschen. Seit dem Tag, als ich wegging, habe ich jede Nacht dafür gebetet, sie wiederzusehen. Nun kann nur die Brandung sie mir wiedergeben. Vielleicht habe ich nicht genügend gebetet, vielleicht spricht Gott nicht meine Sprache.*

Die letzte Nachricht bekam ich von meinem Kleinen. Er schrieb ungefähr das: «Mama, die Reise ist gut, wir sehen uns bald.» Ich weiß nicht, ob das seine Worte waren, ich habe die Nachricht nicht gelöscht, aber ich habe sie nicht noch mal gelesen. Ich werde vergessen, dass ich sie habe, wie ich auch den Rest vergessen habe.
Ich bin hier auf dem Pilgerweg, weil ich nicht weiß, was ich machen soll. Ich wünsche mir, dass ich Gott verzeihen kann, weil er meine Kinder genommen hat und nicht mich.
Tschüss, Pilger, der du nach mir kommst, ich wünsche dir, dass du dich nie vor Einsamkeit und Meerwasser fürchten musst.

Ungefähr in der Mitte wird Fridas Stimme brüchig, und gegen Ende bricht der Damm komplett, die letzten Sätze sind überhaupt nicht mehr zu verstehen. Man weiß nicht, was schlimmer ist, das eben Gehörte oder der Blick der Frau, die gelesen hat. Die junge Frau aus der Toskana ist schon in Tränen ausgebrochen, die anderen sehen sich hilflos und schweigend an.

Was danach passierte, wird Alma nie erfahren, denn mit einem eiligen Gruß steht sie auf und rennt ihrer Freundin hinterher. Im Nu hat sie sie eingeholt, und es ist klar, dass sie es jetzt sein wird, die zuhört.

~ ~ ~

Ich kann nicht schlafen, es ist zu viel passiert in den letzten Stunden. Mich hat eine Müdigkeit überfallen, die meinen Körper bleischwer macht, doch meine Gedanken haben einen kräftigen Auftrieb, wie Heliumballons.

Ich werde sie nicht los, Fridas Worte, ihr Gewicht drückt schwer auf meinen Magen. Es sind nur Worte, sie hat keine einzige Träne vergossen. Ich habe für sie geweint, auch wenn ich das vielleicht nicht sollte. Als ich ihr zuhörte, habe ich begriffen, was ein wahrer Verlust ist, ich habe begriffen, wie sehr eine Leere einen für den Rest des Lebens prägen kann. Mir fiel wieder ein, wie ich als kleines Mädchen träumte, dass meine Eltern mich verlassen, und als ich aufwachte, hatte ich fürchterliche Angst, die von diesem Gefühl der Leere herrührte. Hätte ich nicht sicher gewusst, dass im Zimmer nebenan meine Eltern schliefen, wäre ich gestorben vor Angst. Genau das ist der Punkt: Frida glaubt nicht, dass da jemand sein könnte, der das Licht «nebenan» anmacht. Und so ist ihr Gefühl des Verlusts absolut.

Ich würde ihr so gerne versichern, dass es durchaus ein Zimmer nebenan gibt, dass sie, wenn sie ganz leise ist und genau hinhört, den Atem von dem, der sie liebt, auch hören kann. Ich würde ihr so gerne sagen: Wenn alles ein Ende hat, warum sollte der Tod dann ewig dauern? Ich würde gerne. Aber wie?

Bruno, vielleicht ist es ja richtig, dass wir diese Liebe nicht zulassen, obwohl wir sie doch leben könnten. So kann ich mich hier aus sicherer Entfernung Tagträumen hingeben, ich sehe dich vor mir, wie du diesen Weg gegangen bist, ich stelle mir vor, wie wunderbar, wie genial es wäre, wenn wir ihn zusammen gingen. Wenn wir dann aber – wirklich – Teil des anderen würden und ich hinterher ohne dich sein müsste, dann würde mir das gleiche Schicksal wie Frida blühen: den Rest meines Lebens damit zu verbringen, an dich zu denken. Und das Leid spüren.

Solange es Hoffnung auf Heilung gibt, kann man alles ertragen.

Ich weiß ja auch nicht, vielleicht bin ich einfach zu müde, um die Dinge so zu sehen, wie sie wirklich sind.

Ich merke, wie das Pilgern mich verändert, nicht nur meine Gedanken. Gestern Morgen, als ich ein kleines Dorf erreichte, kam ich an einem Barbier vorbei. Genau, ein Barbier, nicht etwa ein Damenfriseur. Ich trat ein und ließ mir die Haare schneiden. Kurz! Der Mann, der es gewohnt ist, Männer zu rasieren oder Koteletten zu stutzen, dachte zuerst, er habe sich verhört, aber dann legte er los mit seiner Schere. Vielleicht gefiel es ihm auch, weil es mal was Neues war.

Und dann lag ein Haufen dunkler Haare auf dem Boden. Ich glaube, das waren die längsten, die jemals auf diese abgetretenen Fliesen hinunterfielen. Und wenn ich mich recht erinnere, war es das erste Mal, dass meine Haare nicht meine Schultern berührten.

Frida hat draußen auf mich gewartet, auf einer Bank unter einer Platane. Sie saß da in ihrer typischen Haltung, man hat den Eindruck, sie könnte an jedem beliebigen Ort sein, und alle wären gleich bedeutungslos für sie.

Als sie mich herauskommen sah – ungläubig lag meine Hand auf dem fast kahl rasierten Schädel –, hat sie kein Wort gesagt, sondern gelächelt. Es war ein Lächeln voller Zärtlichkeit, wie das einer Mutter, die eben das geheime Tagebuch ihrer Tochter gelesen hat.

Die zurückgelegten Kilometer haben auch die Form meines Körpers verändert. Heute habe ich beim Gehen meine Beine betrachtet. Durch die ständige Bewegung der letzten Zeit treten die Muskeln deutlicher hervor, und meine Haut erscheint mir irgendwie glatter. Es ist nicht nur die Zeit, die Dinge und Menschen verändern kann. Da fällt mir etwas ein, was ich in der Schule gelernt habe: Wenn ich extrem schnell rennen könnte, würde sich die Zeit verändern, ich könnte sie zurückdrehen. Könnte ich dann vielleicht bis zu dir zurück?

Dann könnte ich dich die Hochebene überqueren sehen, in diesem von der schwülen Luft getrübten Nichts über dem tief hängenden Horizont. Du hast mir erzählt, dass du mit einem Pferd über die meseta *geritten bist, damals, zusammen mit einem jungen Mann, den du in einem Lokal kennengelernt hast und der einen Reiterhof in der Gegend hatte. Er hat dir angeboten, ein Stück auf einem seiner Pferde zurückzulegen. Ich sehe dich regelrecht vor mir, aufrecht und stolz wie Don Quijote und ganz eins mit dem Tier.*

Ich sehe dich, wie du durch die stehende Hitze reitest und von jeder Pflanze den Samen kennst und von jedem Blatt die Gestalt seiner Wurzel. Man müsste sie in der Schule lernen, hast du gesagt, die Namen der Pflanzen. Damit keiner, der vor einem Feld steht, Mais von Weizen nicht unterscheiden kann. Ich sehe dich, wenn ein Gewitter ausbricht, gewaltig und blind vor Wut nach der brütenden Hitze, wie du zuerst an dein Pferd denkst, und nicht an dich, weil es vor dem Donnergrollen scheut. Wie du absteigst, es streichelst, um es zu trösten wie einen Freund.

Und jetzt, da ich im Halbschlaf Träume und Wirklichkeit durcheinanderbringe, denke ich mir, doch, es würde sich lohnen ... Eine Zeitlang mit dir leben, wenn auch nur kurz, und ihr dann nachtrauern.

Calvino schreibt: «Der Horizont ist leer, niemand ist da außer dir. Du bist der Bär und die Höhle. Deshalb bleibe ich jetzt in deine Arme gekuschelt, damit du mich beschützt vor der Angst vor dir.»

Ich tue das auch, ohne dass du es weißt – öffne deine Arme!

~ ~ ~

8

DURCH DIE STRASSEN VON PORTO

OKTOBER, ACHT MONATE ZUVOR

Du willst also wirklich deinen Beruf aufgeben?», fragte José, der am Steuer saß.

«Ja», entgegnete Frida ihrem Schwager. «Bei meiner Arbeit muss ich in der Lage sein, mich voll und ganz auf meine Patienten zu konzentrieren. Und dazu bin ich nicht mehr in der Lage.»

«Aber glaubst du nicht, es wäre besser, du würdest dich mit etwas beschäftigen, anstatt die Tage damit zu verbringen, in Erinnerungen an deinen Mann zu schwelgen?»

«Nein», gab sie knapp zurück, und damit war klar, dass das Thema für sie erledigt war. Dann drehte sie sich zum Fenster und sah hinaus.

Wenn man Porto bei Sonnenuntergang erreicht, ist es, als würden Kindheitsträume wahr, beinah märchenhaft sieht es aus, vorausgesetzt, man hat eine genaue Vorstellung davon, wie Orte in Märchen aussehen. Die hübsch aneinandergereihten Häuser mit den Wäscheleinen vor den Fenstern säumen den gesamten Hang. Bis hinunter zum Meer blicken tausend Fenster hinaus und spiegeln sich im Atlantik. Aufrecht stehen sie da und sehen einander an, bis sie sich rot färben durch das warme Licht, das den Abend ankündigt.

José hatte Frida vom Flughafen abgeholt, jetzt saß sie also schweigend im Auto, ihre langen, nachgegrauten Haare waren zu einem Knoten gebunden. Ihr Schwager fuhr, er sah Manuel so ähnlich, dass Frida ihm kaum in die Augen sehen konnte. Mit seinen zweiundsechzig Jahren – zwei Jahre älter als sein Bruder – wirkte er wie eine zweite, etwas stattlichere Ausführung von ihm. Größer, breitere Schultern, ein schlanker, aber muskulöser Körper. Er wirkte gelassen, ganz anders als sein hektischer Bruder, auch seine Stimme hatte etwas Beruhigendes an sich.

«Du wohnst bei uns», fuhr José fort. «Ich hätte dich gerne im Haus von Mama und Papa untergebracht, da warst du ja schon öfter, aber wir vermieten es seit ein paar Jahren. Hauptsache, du kommst nicht wieder mit einem Hotel an! Flora freut sich, wenn du bei uns bist, außerdem ist Miguels Zimmer frei, du weißt ja, er lebt jetzt in Coimbra.»

«Wenn ich euch nicht zur Last falle, gerne, danke.»

«Ich muss dir aber gleich sagen, dass ich nicht weiß, wohin dich diese Suche führen wird. Es könnte schmerzhaft werden, Frida, wenn du in Manuels Vergangenheit stöberst. Ich weiß, dass ausgerechnet ich dir das nicht sagen sollte, wegen deines Berufs, aber ich möchte nicht ...»

«Ich bin auf alles gefasst», unterbrach sie ihn.

Schließlich hatte José ein Einsehen. «In Ordnung, ich werde dir behilflich sein, so gut es geht. Mit Pablo habe ich schon gesprochen. Er ist ein Jugendfreund von Manuel, du kannst ihn morgen treffen.»

«Ach, danke, Manuel hat mir viel von Pablo erzählt.» Frida wollte noch etwas sagen, ließ es aber sein und sah wieder aus dem Fenster, hinaus auf den Sonnenuntergang über Porto.

Am nächsten Morgen stand Frida auf, noch bevor es richtig hell war. Dann ging sie zu Fuß zu dem vereinbarten Treffpunkt. José hatte ihr zwar vorgeschlagen, einen Tag frei zu nehmen, um sie zu fahren - er arbeitete in einem Weinladen -, aber das wollte sie nicht. Nein, ein kleiner Spaziergang würde ihr guttun. Sie hatte sich mit Pablo an einem Ort verabredet, wo sie sich nicht verfehlen konnten, sie hatten sich ja noch nie gesehen.

Als sie durch die verwinkelten Straßen der Ribeira - Portos Altstadt - hinunter zum Fluss schlenderte, musste Frida daran denken, wie oft sie mit ihrem Mann diesen Weg gegangen war, über die steilen, efeubewachsenen Treppen, durch die engen Gassen, die so aussahen, als führten sie mitten ins Nirgendwo. Er ging immer sehr schnell und zog sie an einer Hand hinter sich her. Über jeden Ort, an dem sie vorbeikamen, hatte er eine Geschichte zu erzählen. Er sprach mit einer solchen Leidenschaft, dass jeder Winkel, jeder Stein lebendig wurde. Mit seinen halb erfundenen Geschichten hebelte er jede Logik aus, wobei er nie verriet, wo die Grenze zwischen Realität und Fiktion verlief. Einmal führte er sie zu der großen Steinkathedrale und versicherte ihr, dass man in manchen Nächten, wenn dichter, weißer Nebel vom Atlantik heraufströmt, die Schatten von Alfons I. und seinen kühnen Soldaten auf der Mauer sehen kann. Doch diese dunklen Gestalten, die jetzt viel weiser seien als damals, als sie zum Kampf gezwungen wurden, kämpfen jetzt nicht mehr, sondern genießen fröhlich Fischsuppe und Vinho Verde.

Manchmal begleitete er sie auf ihrer Jagd nach Azulejos, den handbemalten Keramikfliesen, die man auf alten Gemäuern finden konnte und die die Geschichte der Stadt erzählen, danach gingen sie in die verrauchtesten Cafés mit dem besten Portwein. Manuel war der perfekte Entertainer mit seinen unzähligen Geschichten, den Witzen und seinen wachen Augen. Immer wieder prosteten sie sich zu und spazierten dann beschwipst und leicht schwankend durch die Stadt, ohne Ziel, bergauf, bergab, bis der Tag zu Ende war, bis das Meer begann, und hielten sich, der Dunkelheit trotzend, fest an den Händen.

So in Gedanken versunken, hatte Frida nun den Treffpunkt bei der Brücke Ponte Dom Luís erreicht. Sie erkannte Pablo sofort, gegen einen Pfosten gelehnt stand er da und sah genau so aus, wie José ihn ihr beschrieben hatte. Seine Hände waren hinterm Rücken verschränkt, den Blick hatte er auf den Boden gerichtet. Als er sie erblickte, streckte er ihr seine verschwitzte Hand entgegen und lächelte. Er hatte eng zusammenstehende Augen, einen ausweichenden Blick und einen massigen Körper, in dem er sich nicht so richtig wohl zu fühlen schien. Frida betrachtete ihn mit einem Anflug von Zärtlichkeit, unbeholfen wie ein Vogeljunges am Boden sah er aus.

«Vielen Dank fürs Kommen», sagte sie, um das Eis zu brechen.

«Das ist doch selbstverständlich», gab er zurück, in seiner Stimme lag beinahe Hochachtung. «Ich weiß nur nicht, wie ich Ihnen helfen kann.»

«Zunächst schlage ich vor, dass wir uns duzen. Bitte. Ich möchte einfach nur einen Spaziergang machen und dich bitten, mir alles über meinen Mann zu erzählen, alles, woran du dich erinnerst.»

Pablo nickte, überwand seine Schüchternheit und begann zu erzählen.

«Manuel war schon immer mein bester Freund. Wir wohnten nicht weit voneinander entfernt, waren zusammen in der Schule, auch auf dem Gymnasium. Als er nach Lissabon ging, um Medizin zu studieren, haben wir uns aus den Augen verloren. Ich habe nie verstanden, warum. Ich glaube, er wollte sich von seiner Familie frei machen und sich in sein neues Leben stürzen.»

Sie gingen ein Stück am Douro entlang, die angebundenen Boote schaukelten sanft. Man hörte das Schwappen der Wellen und ein leichtes Schlagen, wenn die Boote sich ab und zu berührten. Die beiden gaben ein seltsames Paar ab: sie streng und etwas steif, als hätte das Witwendasein sie verhärtet und ihrem Gang jede Geschmeidigkeit genommen, er schlaff und aus der Form geraten.

«Ich weiß gar nicht, wo ich anfangen soll, wir haben so viel zusammen erlebt», sagte Pablo und zog dabei zwei Fotos aus seiner Jackentasche, sepiafarben und von der Zeit angegriffen. Auf dem ersten saßen die beiden Jungen hinter der Schulbank. Pablo wirkte ganz entspannt, er sah zu seinem Freund, der einen Stift in der Hand hielt. Manuel reichte ihm gerade bis zu den Schultern, er lachte direkt in die Kamera und zeigte dabei seine Zahnlücken. Auf dem anderen rannte Manuel in kurzen Hosen und mit weit aufgerissenem Mund die Rua do Almada hinunter. Man hatte ihn aus der Froschperspektive fotografiert und mitten im Sprung festgehalten.

Frida spürte ein leichtes Stechen zwischen den Rippen. «Kann ich sie behalten?», fragte sie.

«Ich habe sie extra mitgenommen», meinte Pablo. «Zu Hause habe ich noch Abzüge davon.»

«Ihr habt euch also in der Schule kennengelernt?»

«Wir saßen nebeneinander. Was mich noch immer wundert, ist, dass er mich auf Anhieb in sein Herz geschlossen hatte, aber das war eher Zufall – es war der erste Schultag, also der allererste, die Lehrerin hatte uns nebeneinandergesetzt. Vielleicht war er noch eingeschüchterter als ich. Komisch, denn eigentlich gerate ich immer bei jeder Kleinigkeit gleich in Panik. Aber ich glaube, an dem Tag habe ich ihm zugelächelt und ihm eine Hand auf den Rücken gelegt, um ihm Mut zu machen. Ich kann mich noch gut an diese großen, fragenden Augen erinnern, an den Stift, den er perfekt hielt – er konnte schon schreiben im Gegensatz zu den meisten anderen. Ich frage mich noch immer, woher ich den Mut nahm, aber jedenfalls war es so, meine Augen lächelten ihm zu, und in meinem Blick lag wohl die Möglichkeit einer Freundschaft. Du wirst dich fragen, wie das funktionieren konnte, so unterschiedlich, wie wir waren. Er war schon immer ein Gewinnertyp, ein wahres Energiebündel. Ich dagegen langsam und schwerfällig, wie auch jetzt noch. Aber er hat mich verteidigt, und zwar immer. Vor den anderen Jungs, die mich wegen meiner Figur auslachten. Er war eine Ameise, wenn er damals neben mir herging. Der Riese und die Ameise. Trotzdem hat er einmal – wir waren damals elf oder zwölf Jahre alt – zwei aus der Parallelklasse eine gescheuert, dass sie mit hochroten Köpfen nach Hause rannten. Sie hatten ‹Fettsack› zu mir gesagt. Du hättest sehen sollen, wie die geflitzt sind! Er hat ihnen noch hinterhergerufen: ‹Und wehe, ihr macht das noch ein Mal, dann schlag ich euch alle Zähne aus, mach daraus ein Amulett und verjage damit böse Drachen.› Er hat immer so halb verrücktes Zeug geredet. Wenn du wüsstest, wie sehr er mir gefehlt hat in all den Jahren. Aber ich wusste, er ist irgendwo dadraußen in der großen weiten Welt, und ich fühlte mich sicher. Jetzt nicht mehr.»

Sie setzten sich auf eine Bank und sahen auf den Douro, als hätte die Wasseroberfläche eine Antwort für sie parat.

«Vielleicht möchtest du wissen, wer in der Grundschule seine Idole waren. Während wir damals irgendwelche Sänger oder Fußballspieler verehrten, sammelte er Bilder aus Schulbüchern mit Heinrich dem Seefahrer. Unzählige Male führte er mich vor dessen Geburtshaus – es ist gleich hier um die Ecke – und dachte sich Geschichten über sein Leben aus. Oft erzählte er von den Eroberern mit ihren glänzenden Schiffen, er stellte sich vor, wie sie von hier aufbrachen, um Afrika zu umsegeln. Sie wollten den Seeweg nach Indien oder in den Orient finden, auf Karten war noch keiner verzeichnet. ‹Überleg mal›, sagte er, ‹wie spannend musste das sein, als man noch nicht wusste, wo die Grenzen verliefen.› Ich spaziere auch heute noch des Öfteren zum Haus des Infanten, dort ist auch eine Dauerausstellung über die Zollgeschichte. Und dann sehe ich wieder die kleine Ameise in kurzen Hosen vor mir, die einen Riesen im Schlepptau hatte und Dinge sah, die andere nicht sehen konnten. Immer wenn ich an ihn denke, frage ich mich, warum die Kindheit so schnell vorbeigeht, diese Zeit, wo man schon glücklich war, wenn man fahrende Züge anschauen und Fische im Springbrunnen füttern konnte.»

Sie gingen jetzt durch den oberen Teil von Ribeira, wo Frida untergebracht war. Eine Zeitlang schwiegen sie. Dann, kurz bevor sie Josés Haus erreichten, sagte sie: «Ich habe versucht, Kontakt mit ein paar Leuten aufzunehmen, die ihm etwas bedeutet haben, aber ich konnte fast keinen ausfindig machen. Es ist schon so lange her, dass er hier gelebt hat. Könntest du mir da vielleicht helfen? Fällt dir jemand ein, der ihn gut kannte und der sich mit mir treffen würde?»

«Ich weiß nicht ... Viele sind weiß Gott wo verstreut, wir haben uns alle aus den Augen verloren. Smilzo, zum Beispiel, der ging irgendwann nach Frankreich. Unser Lehrer ist vor einigen Jahren gestorben, er mochte Manuel sehr. Aber warte mal, seine Freundin aus Gymnasialzeiten, die ist noch hier, sie betreibt ein Café in der Rua da Conceição, aber ich weiß nicht, ob ...»

«Bitte, sag mir, wie ich sie kontaktieren kann.» Die Entschiedenheit, mit der sie diesen Satz aussprach, duldete keinen Widerspruch. Pablo erklärte ihr, wo das Café war, schrieb eine Telefonnummer auf einen Zettel und reichte ihn ihr.

«Danke», sagte sie, und ihre Stimme klang dabei schon etwas sanfter. «Auch dafür, dass du sein Freund warst.»

Sie umarmten sich innig, dann drehten sie sich um und gingen – ohne noch etwas zu sagen – ihrer Wege, sie bergauf, eine schmale Treppe hoch, er bergab, in Richtung Fluss.

Zwei Tage später betrat Frida das Café Candelabro. Sie war es nicht mehr gewohnt, spätabends unterwegs zu sein, auch an das Schummerlicht musste sie sich gewöhnen, denn es gab dort fast nur Kerzen. Das

Café war gut gefüllt, die meisten Leute an den Tischen wirkten ziemlich extravagant, ihre Kleidung und ihr ganzes Gehabe erinnerten an Dichter oder Künstler. Der Fußboden bestand aus schwarz-weißen Mosaiksteinen, an den Wänden waren massive Bücherregale aufgestellt, vollgestopft mit schweren Bänden.

Frida sah sich kurz um, dann ging sie zum Tresen. Sie wandte sich an das blonde Mädchen, das gerade Bier zapfte, und fragte nach Marta Saudade. «Ich bin mit ihr verabredet», fügte sie hinzu. Kurz darauf wurde ihr leicht verlegen die Hand gedrückt, dann saßen sie etwas abseits bei einem großen Fenster mit Blick auf die Straße.

«Erst mal mein herzliches Beileid, Frida», sagte die Frau, nachdem sie einander begrüßt hatten. «Hier in Porto gibt es viele, die Manuels Tod bedauern.»

Obwohl Marta ein paar Jahre älter als Frida war, strahlte sie noch immer eine beeindruckende Schönheit aus. Beim Betrachten der langen schwarzen Haare, die ihr offen über die Schultern fielen, und der kajalumrandeten Augen spürte Frida zu ihrem eigenen Erstaunen einen Stich und einen völlig unbegründeten Anflug von Eifersucht. Sie stellte sich vor, wie Marta in jungen Jahren ausgesehen hatte. Sie stellte sie sich sehr verführerisch vor, mit olivfarbener, glatter Haut und einem weichen Gesicht, in dem ein herausfordernder Blick lag, während sie mit gespielter Tugendhaftigkeit hinter der Schulbank saß.

Vor allem aber war Frida über die Tatsache überrascht, eine Frau vor sich zu haben, die das totale

Gegenteil von ihr selbst war, mit dieser fast schon vulgären Sinnlichkeit und diesem unkontrollierten, ordinären Lachen. Als hätte jeder Mann ein Idealbild von einer Frau, von dem er unmöglich abrücken kann. Als gäbe es in der Liebe irgendwelche Gesetze und Grenzen, als wäre sie kein jäher Wolkenbruch, der alles bisher Dagewesene auf den Kopf stellt und einen vollkommen durchnässt zurücklässt.

Zuerst zögerte Marta, frei über ihre Beziehung mit Manuel zu sprechen, aber weil Frida gar so entschlossen wirkte, fing sie dann doch an, alles zu erzählen, was ihr einfiel. Zu ihren Jugenderinnerungen trank sie etliche Schlucke Portwein aus einem Glas, das immer wieder gefüllt wurde, wobei sie ständig ihre rechte Augenbraue hochzog.

«Wir haben uns auf dem Gymnasium kennengelernt, wir waren in derselben Klasse, aber du weißt ja, wie das in dem Alter ist, man beschnuppert sich aus der Ferne, es bilden sich Cliquen, die Jungs bleiben bei den Jungs, die Mädchen bei den Mädchen. In der zwölften Klasse brauchte ich Nachhilfeunterricht in Mathe, und der Lehrer hatte mir Manuel empfohlen. Mir war schon aufgefallen, dass er mich manchmal ansah, aber in der Klasse sahen mich alle Jungs an. Außerdem ... ich will dir jetzt nicht zu nahe treten, aber du weißt ja selber, dass er nicht gerade umwerfend aussah – klein, schmächtig und blass. Aber ein paar Stunden mit ihm über den Mathebüchern waren ausreichend, und ich hatte mich total verknallt. Und wenn ich mich verknalle, dann richtig!»

Sie brach in ein lautes Lachen aus, riss sich aber gleich wieder zusammen.

«Es lag an seiner Art. Du weißt ja viel besser als ich, wie er war. Algebraische Gleichungen erklärte er mir, als wären es Zauberformeln, und damit ich sie mir merken konnte, erfand er Reime. Die trug er auch noch vor! Ziemlich schräg das Ganze, mit seinen wild fuchtelnden Armen.» Sie deutete eine Geste an, als hackte sie mit den Fingern auf einem Klavier herum.

«Er war immer mit Feuereifer bei der Sache, auch später, während der Nelkenrevolution zum Beispiel, da schrieb er hitzige Briefe, in denen er sein tiefes Vertrauen in den Umsturz zum Ausdruck brachte. Irgendwo müsste ich noch ein paar haben. Als er beschlossen hatte, Medizin zu studieren, wunderte mich das kein bisschen, es war absolut naheliegend. Ich war nur nicht glücklich darüber, dass er nach Lissabon ziehen wollte. Er meinte, das Leben sei viel zu kurz und die Welt viel zu groß, um für längere Zeit an einem Ort zu bleiben. Ich war zu feige, um ihm zu folgen. Erst dachte ich, dass seine Liebe nicht stark genug war, um bei mir zu bleiben, aber dann wurde mir klar, dass er wirklich nicht gewusst hätte, wohin mit dieser ganzen Energie, sie hatte ihn zerfressen, wenn er hier geblieben wäre.»

Sie stieß den Rauch zum Fenster hinaus, und in ihren schwarzen Augen spiegelte sich der flackernde Schein der Kerze wider.

«Nachdem er weggezogen war, haben wir uns noch ab und zu getroffen, ein paar Jahre lang blieben wir in

Kontakt, dann nicht mehr. Du weißt ja, wie das ist bei jungen Leuten.»

Mit der Hand wischte sie die graue Rauchwolke weg. Frida wollte wissen, ob sie jemanden kannte, mit dem er in seiner Studentenzeit viel zu tun hatte, und bekam daraufhin die Adresse eines Professors aus Lissabon.

«Kann ich dich noch etwas Persönliches fragen?», meinte Frida, hielt kurz inne, um nach den richtigen Worten zu suchen. «War es schön, mit ihm zu schlafen?»

Marta überlegte kurz, ihre Augenbraue zitterte, sie senkte die stark geschminkten Lider und antwortete: «Nein. Irgendwie hat immer etwas gefehlt.» Dann gratulierte sie sich selbst und dachte, die Wahrheit wird immer völlig überbewertet, im Grunde will sie doch keiner wirklich wissen.

Nachdem sie sich voneinander verabschiedet hatten, trat Frida hinaus in die frische Oktoberluft. Wie sie so durch das nächtliche Porto schlenderte – nur ab und zu störte eine Straßenlaterne die Dunkelheit, aus einem Lokal drang langsame Musik, Coimbra-Gitarren –, dachte sie, wie einfach ist es doch, wenn man jung ist. Vielleicht ist die Jugend deswegen so schnell vorbei.

Ein paar Tage später packte Frida ihren Koffer, als José an ihre Tür klopfte. «Darf ich?»

Er setzte sich auf den Stuhl am Schreibtisch. «Frida, bist du sicher, dass du nach Lissabon willst?»

«Ganz sicher. Ich möchte mich mit seinem Professor treffen, die Adresse habe ich von Marta. Er bedeutete Manuel sehr viel, er hat oft von ihm erzählt. Und dann werde ich versuchen, einen seiner Kollegen zu treffen, Doktor Tiago Vasques. Ich habe ihn vor Jahren auf einem Kongress kennengelernt. Sie waren befreundet, sind oft zusammen gereist. In Syrien war er allerdings nicht dabei.» Sie hielt inne, als wollte sie noch etwas hinzufügen, wechselte dann aber das Thema. «Außerdem war ich noch nie in Lissabon, es ist also eine gute Gelegenheit, es mir mal anzusehen. Manuel und ich wollten über Weihnachten dorthin fahren, das hatten wir schon lange geplant. Und man soll ja nichts auf die lange Bank schieben ...» Sie zwang sich zu einem Lächeln.

«Warum tust du das, Frida?»

«Bevor wir uns kennenlernten, hat Manuel zum Teil hier, zum Teil in Lissabon gelebt. Man kann einen Menschen erst dann richtig verstehen, wenn man seine Wurzeln berührt. Ich war oft hier, zusammen mit ihm, als Touristin, um das Land zu erkunden. Jetzt bin ich hier, um ihn zu finden.»

«Schon, aber ich verstehe nicht, was du dir davon versprichst. Was willst du denn finden? Was ändert das schon, wenn du mehr über ihn erfährst, als du ohnehin schon weißt?»

«Um dir diese Frage zu beantworten, muss ich Alfred Adler zitieren, den österreichischen Psychotherapeuten, der mich in beruflicher Hinsicht mehr als alle anderen geprägt hat. Ihm zufolge besteht die

Hauptaufgabe des Menschen darin, nach einer erfüllenden Zukunft zu streben. Es ist nur so, dass ich keine Zukunft mehr habe, und eine *erfüllende* schon gar nicht. Das Einzige, was mir noch bleibt, ist die Vergangenheit. Darum möchte ich Manuels Leben erforschen. Was bringt mir das? Nichts. Aber wenigstens weiß ich so, was ich mit meiner verbleibenden Zeit anfangen soll.»

José schweigt einen Augenblick.

«Gut. Wenn du willst, werde ich dir jetzt etwas sagen, was ich noch nie jemandem gesagt habe. Vielleicht ist es sogar das erste Mal, dass ich es mir selbst eingestehe.»

Frida hörte auf, ihre Kleidung zusammenzulegen, setzte sich aufs Bett und blickte ihn direkt an. Manuels Art in José widergespiegelt zu sehen, war schön, doch es schmerzte.

«Ich habe meinen Bruder immer beneidet. Er war der Lieblingssohn meiner Eltern, sie liebten seine schrägen Theorien, seine Genialität, das Visionäre, das in allem, was er tat, zum Vorschein kam. Ich war zuverlässig und vernünftig, der Witzige und Chaotische aber war er! Ich weiß nicht, ob es stimmt, dass Eltern ihre Kinder gleichermaßen lieben, auf jeden Fall war er ihnen der Sympathischere, das war nicht zu übersehen. Dasselbe galt für Freunde. Sie waren alle fasziniert von seinem feurigen Charakter, ich hatte immer nur die Rolle des Brandlöschers. Aber Kinder lieben bekanntlich den, der das Feuer legt, mehr. Mit Frauen war es ähnlich: Ich hatte keine Probleme,

Frauen zu verführen, ich war immer der Attraktivere von uns beiden. Aber sobald sie ihn mal richtig erlebten, wenn auch nur kurz, fingen sie an zu strahlen, und ich war nur noch Statist. Als er nach Lissabon ging, kam es mir vor, als würde eine Last von mir fallen. Ich mochte ihn, und er fehlte mir auch, aber wenn ich wusste, dass er in sicherer Entfernung war, fühlte ich mich irgendwie erleichtert, was mir allerdings erst viel später klarwurde. Jetzt ist es anders. Jetzt weiß ich, dass ich ihn nie wiedersehen werde, und das ist ein Schmerz, der nie vergehen wird.»

Er rieb sich seine geröteten Augen, und Frida legte ihm eine Hand auf die Schulter. «Liebe hat viele Gesichter, José, und manchmal ist Neid eines davon. Du brauchst dich dafür nicht zu schämen, wir sind alle nur Menschen.»

Als Frida am Nachmittag nach Lissabon aufbrach, verabschiedete José sich am Bahnsteig von ihr. Sie wussten beide, sie würden sich lange nicht mehr sehen. Vielleicht nie wieder, aber das wollten sie sich nicht eingestehen – unser Herz kann eine allzu große Anzahl an Abschieden nicht ertragen.

Als das Pfeifen ertönte und der Zug verschwand, blieb José noch auf dem Bahnsteig stehen, mit hängenden Schultern, die Hände in den Taschen.

9

DREIMAL STERBEN

AUF DEM JAKOBSWEG

Drei Tage ist es jetzt her, dass Alma und Frida in der *Oasis de la Concha* waren, und das Wetter wird immer schlechter. Vom Atlantik ist ein Unwetter aufgezogen, das ohne Rücksicht auf die Pilger für Unmengen an Regen sorgt. Die Sonnenschirme sind zusammengeklappt, eng verschnürt, um dem Wind zu trotzen, und die Wanderer rücken eng zusammen, die Hütte dient jetzt als Bar. Es ist spät am Nachmittag, die Luft ist grau und schwer, und die, die vom Gewitter überrascht wurden, sitzen nun an dem großen Steintisch.

Sie trinken Bier, essen Tapas, irgendwann schlägt Peter dann das «Dreizehn-Tage-Spiel» vor. Die Mitspieler sind eine blonde Engländerin mit Labrador, zwei tätowierte junge Franzosen, ein älterer Mann aus München und ein junger Italiener, der den Jakobsweg zum zweiten Mal geht. Alle lassen einen Teil ihrer persönlichen Geschichte zurück, dann unterhalten sie sich, trinken ein Glas Wein dazu, bis der Regen nachlässt und es Zeit ist aufzubrechen. Als Erster tut das der Italiener, sein Hemd ist noch feucht, obwohl der Ofen an war. Beim Rausgehen wendet er sich noch kurz an Peter. Er will wissen, ob zufällig eine Frau aus Bologna vorbeigekommen ist, sie ist allein unterwegs und hat lange, dunkle Haare. Peter antwortet, ja, er glaubt, vor ein paar Tagen war eine Frau aus Bologna hier. Er weiß nicht, wie sie heißt, er hat es nicht gehört, aber er könnte ja bei den Zetteln nachsehen, das heißt, wenn er's sich recht überlegt, ist sie es doch nicht, weil die, die er meint, ganz kurze Haare hatte und mit einer älteren Frau unterwegs war.

Er ahnt nicht, dass er – würde er mit seiner Hand in dem Karton wühlen – einen Zettel finden könnte, der von ihm erzählt. Und so bedankt er sich nur kurz und tritt dann ohne Jacke oder Mantel hinaus in den Nieselregen. Nach kaum zwanzig Schritten hört er eine Stimme rufen: «Hey, du!»

Es ist der Mann aus München mit dem roten Gesicht und dem entschlossenen Gang, der ihm, mit einem Handy in der Hand, nacheilt. «Es hat gerade geklingelt, ist es deins? Es lag auf dem Tisch.»

Er bleibt stehen und meint lachend: «Ja, das ist meins. Wahrscheinlich wollte ich es loswerden ...» Wieder lacht er und geht auf die Anrufliste. «Die Nummer kenne ich nicht. Wenn es wegen der Arbeit ist, werden sie sich schon noch mal melden.» Dann wendet er sich an den Deutschen. «Danke ... Ich bin übrigens Bruno.»

Sie geben sich die Hand und gehen gemeinsam weiter; sie erzählen sich alles Mögliche und versuchen so, sich vom schlechten Wetter abzulenken, das sich noch immer drohend vor ihnen aufbaut.

Wenige Tage zuvor erreichen Alma und Frida die Herberge *Sahagún* und sind froh, nicht mehr dem Platzregen ausgeliefert zu sein, der sie seit dem frühen Morgen zu verfolgen schien. Nachdem sie ihr Bett mit den Einweg-Laken – gegen die Verbreitung von Flöhen und Läusen – bespannt haben, gehen sie in den kleinen Hof und ruhen sich auf einer Bank aus. Die letzte Etappe war anstrengend, die Luft ist jetzt klar. Ein paar Nebelbänke verziehen sich und geben den Blick frei auf gelbe Hauswände. Der späte Nachmittag ist immer zur Erholung da, sie lesen oder schreiben oder unterhalten sich über das, was sie an dem Tag erlebt haben. Manchmal gesellt sich auch ein anderer Pilger zu ihnen und gibt ihren Gesprächen eine andere Wendung. Die beiden Frauen sind aber auch ganz gerne allein, denn die Abendessen in den Herbergen sind sowieso immer Momente der Zusammenkunft.

Jetzt sitzen sie da, es ist relativ ruhig, Frida blättert in einer spanischen Zeitschrift, die jemand liegen gelassen hat, Alma schreibt etwas in ihr Tagebuch. Plötzlich hält sie inne, hebt den Kopf, die Hand mit dem Stift verharrt in der Luft.

«Denkst du, es ist Schwachsinn, wenn ich genau denselben Weg gehe, den Bruno damals gegangen ist?»

Frida hat sich an Almas Fragen, die urplötzlich

wie aus dem Nichts auftauchen, schon gewöhnt, sie sieht sie an und meint: «Nein. Ich glaube, es ist wichtig für dich, damit du das, was passiert ist, besser verarbeiten kannst, damit du besser loslassen kannst. Es ist nie schwachsinnig, das zu tun, von dem wir meinen, wir müssen es tun, auch wenn es nicht immer rational ist. Unser Bauch weiß viel mehr als unser Verstand.»

Alma knabbert am Kugelschreiber herum. «Es ist wirklich ein Jammer, dass du deinen Job aufgegeben hast. Hast du schon mal mit dem Gedanken gespielt, wieder einzusteigen?»

«Eigentlich nicht. Mein Leben lang habe ich versucht, Menschen zu helfen, die zu mir kamen und Hilfe brauchten. Ich habe immer mein Bestes gegeben, aber es war auch eine Riesenverantwortung. Jetzt, wo ich noch nicht mal mir selbst helfen kann, würde ich mir wie ein Scharlatan vorkommen, für den andere Menschen Versuchskaninchen sind.»

«Verstehe.» Alma senkt den Blick, sie lässt die Worte auf sich wirken. «Warum hattest du dich damals für Psychologie entschieden?»

«Wenn mich meine Eltern als Kind mit ins Theater nahmen, interessierte mich das, was auf der Bühne geschah, nicht. Ich habe mir immer vorgestellt, wie die Schauspieler sich hinter den Kulissen vor ihrem Auftritt fühlten. Ihre magischen Rituale, der Moment, wenn sich der Vorhang hebt und sie ihre Gedanken ausschalten. Mich hat immer das fasziniert, was hinter der Bühne passierte, das, was jemand tat, um sich auf seinen Auftritt vorzubereiten. Oder auf das Leben ... Aber das ist nicht der einzige Grund.»

«Und was ist der andere?»

«Meine Vorliebe für Wörter, für ihre Bedeutung. Für die Art, wie jeder über die Sprache sein eigenes Universum, das er in sich trägt, zum Ausdruck bringt. Wenn du wüsstest, wie schlimm es in manchen Köpfen aussieht, die reinste Hölle ... Erst jetzt habe ich so richtig verstanden, wie das ist. Auf jeden Fall konnte ich mich schon als Kind für *magische Wendungen* begeistern.»

«Was ist das?»

«Das sind Redewendungen in anderen Sprachen, Ausdrücke, die man auf Italienisch mit vielen Worten erklären müsste.»

«Zum Beispiel?»

«Erinnerst du dich an den Wald, in dem wir heute waren? Der mit den vielen Stein- und Korkeichen. Als die Sonne durch die Wolken brach – das nennt man *komorebi.* Es ist Japanisch und bezeichnet den Effekt, wenn die Sonnenstrahlen durch das Blätterdach schimmern. Und das, was wir uns auf dieser Reise angewöhnt haben, ist *gökotta*: im Morgengrauen aufstehen, um dem ersten Vogelgesang zu lauschen.»

«Schön ... Sag mal ein Wort, das ausdrückt, wie du dich fühlst.»

Frida senkt den Blick, und mit unveränderter Stimme sagt sie: «*Waldeinsamkeit.* Das ist, wenn man allein in einem Wald ist und sich einsam fühlt.»

Nach einem Moment des Schweigens wagt Alma

sich mit einem Lächeln vor: «Und kennst du auch eine Redewendung, die mich beschreiben könnte?»

«Lass mich mal überlegen ... Du bist *pochemuchka.*»

«Das wäre?»

«Jemand, der zu viele Fragen stellt.»

Die zwei Freundinnen lachen. Es ist ein Lachen, das böse Gedanken vertreiben soll.

«Okay, dann nur noch eine Frage, die letzte, versprochen.» Alma holt tief Luft und sagt: «Hast du eine Methode gefunden, damit dich Manuels Abwesenheit nicht auffrisst?» Eine so persönliche Frage hatte sie ihr noch nie gestellt.

«Ja, aber es funktioniert nur manchmal. Ich habe mein ganzes Leben damit verbracht, auf ihn zu warten, wenn er im Ausland arbeiten war. Wenn ich jetzt nachts nicht schlafen kann, sage ich mir, das ist einfach nur ein weiteres Warten auf seine Rückkehr. Eins von Tausenden. Ich verdränge einfach die bittere Wahrheit.»

«Wenn man sich manche Geschichten von Paaren anhört, dann kommt einem eure Liebe perfekt vor.»

«Lass dich da mal nicht täuschen. Von Perfektion in der Liebe spricht man immer dann, wenn sie vorbei ist. Deswegen ist eine nicht perfekte Liebe immer viel mehr wert.»

An diesem Abend wirken die Worte ihrer Freundin bei Alma noch lange nach. Und wie so oft greift sie vor dem Einschlafen noch zu Stift und Taschenlampe und beginnt zu schreiben.

~ ~ ~

Es heißt, Gehen hilft beim Nachdenken. Ich glaube, das Gegenteil ist der Fall: Gehen hilft, um nicht nachzudenken, um den Kopf frei zu kriegen, so wie eine Sturmflut den Strand sauber fegt. Dann liegen auf dem glatten Sand nur noch wenige Dinge, nämlich die, die die Wellen zurückgeben, nachdem die Flut sie dir entrissen hat. Sie sind abgeschliffen von der Gewalt des Wassers, verblichen vom Salz. So langsam verstehe ich, welche Dinge es bei mir sind, die die Katastrophe überlebt haben, denn nichts anderes war mein Leben bisher.

Heute habe ich auf dem letzten Stück eines steilen Anstiegs einen kleinen Stuhl von früher wieder vor mir gesehen, er war aus Holz, klein und schief. Mein Vater hatte ihn in der Garage gebaut, dort, wo er nach Feierabend immer stundenlang irgendetwas bastelte, räumte oder reparierte. Manchmal pumpte er die Reifen meines gelben Fahrrads auf, es war das erste ohne Stützräder, und ab und zu sah man von dort auch die grellen Funken seines Schweißgerätes herausfliegen. Er sagte, «nicht hinschauen», weil sie die Augen kaputt machen, aber ich war neugierig auf diese kleinen Feuerwerke und als ich meine Augen bedeckte, spreizte ich die Finger leicht, sodass ich hindurchlinsen konnte.

Meine Mutter hatte mich für ein Foto auf den Stuhl gesetzt. Ich war drei Jahre alt geworden, hatte zwei Zöpfe, und mein Blick wich der Kamera aus, denn ich wollte schnell meine Geschenke auspacken. Dieser Stuhl hat die Sturmflut also überlebt.

Überlebt hat auch eine Postkarte, auf der eine Strand-

promenade in Ligurien zu sehen war. Es war Sommer, und ich war alt genug, um abends allein zu den Felsen am Strand zu gehen. Um cool zu wirken, trug ich eine Jeansjacke mit aufgestelltem Kragen, hatte Kopfhörer auf und hörte Musik über meinen Walkman. Ich blickte zu Boden, zum einen, weil ich meinen Gedanken nachhing, zum anderen, weil das Meer so unglaublich schwarz war, dass es mir Angst machte. In jenem Sommer sagte ich mir, ich kann überall hingehen, solange ich Musik in den Ohren und meine Hände in den Hosentaschen habe.

Neben der Postkarte gibt es noch etwas Konfetti vom Fasching und einen Schlitten, vor allem aber eine Gitarre. Meine Freunde spielten oft darauf, und mein erster richtiger Freund und ich hörten zu. Ach so, und natürlich gibt es auch noch ein Buch, aber weil ich nicht weiß, welches ich nehmen soll, wähle ich jetzt einfach ein Lexikon, da steht alles drin, zumindest rein theoretisch.

Ein Stück weiter sehe ich ein kariertes Hemd, ab und zu verschwindet es unter der Gischt, dann taucht es wieder auf. Ich trage es, denn so finde ich – über seinen Duft – die Abende nach der Weinernte wieder. Es trägt mich zu den sanften Umrissen der Hügel und zu dem Moment, als deine Hand sich auf meine legt, während die andere das Lenkrad hält.

Auch auf die offene See nehme ich dich mit und verstecke dich unter einer Welle. Mein Boot ist klein, das Segel schief, und die Angst, vielleicht nicht zurückzukehren, ist mir nicht fremd, ich spüre sie jedes Mal. Obwohl es im Grunde egal wäre, denn wo immer ich das Boot auch anlege, folgst du mir und erreichst im Morgengrauen die Küste oder se-

gelst mir sogar voraus. Es kommt mir vor, als wollte ich gar keine Sturmflut, um dich zu vergessen.

Heute hatte ich einen verrückten Einfall: Ich war ganz in mich versunken und murmelte leise vor mich hin: «Hätte ich doch bloß das Handy mitgenommen.» Frida hat es gehört und meinte: «Ich würde dir ja meins geben, aber wir haben keine Nummer.» Falsch, denn ich kann sie auswendig. Par cœur, *nennen das die Franzosen. Und so habe ich, ohne zu zögern, jede Zahl einzeln eingegeben, mit angehaltenem Atem.*

Du bist nicht rangegangen. Zum Glück. Du hast auch nicht zurückgerufen, und ich werde es nicht noch einmal versuchen.

Das Problem ist, ich weiß nicht, wie ich mit dieser Sehnsucht klarkommen soll. Wir waren so kurz zusammen, verglichen mit all der Zeit, die ich an dich denke – meine Erinnerungen an uns sind fast aufgebraucht. Sie sind schon ganz abgeschliffen und verblichen, weil ich sie ständig in meinen Händen hin und her drehe, um sie im Gegenlicht von allen Seiten zu betrachten, um jede Ritze und jeden noch so versteckten Winkel zu untersuchen, damit ich ja nichts übersehe!

Was bleibt, ist das Fernweh *– die Sehnsucht nach Orten, an denen man noch nie war, Frida sagt, das ist die Krankheit aller Weltenbummler. Ich habe eine große Auswahl, nämlich die ganze Welt, um mir Orte und Momente mit dir vorzustellen. Doch so schön sie auch sind, sie haben einen Haken: Sie sind nicht real.*

Irène Némirovsky schreibt: «Lieben und nicht geliebt werden, im Bett liegen und nicht schlafen, warten und niemanden kommen sehen, das sind drei Dinge, die einen umbringen.»

Wenn dem so wäre, wäre ich heute Abend schon dreimal gestorben.

~ ~ ~

10

DAS GEDÄCHTNIS DER ZUGVÖGEL

DEZEMBER, SECHS MONATE ZUVOR

Bologna sieht unter dieser Schneedecke ganz anders aus, wie von einem weißen Kleid aus Seide umhüllt, dachte Alma, als sie aus dem Schaufenster ihrer Buchhandlung blickte. Sie sah, wie der Schnee in großen Flocken herabfiel und dann im Licht der Straßenlaterne langsamer herabschwebte, um besser betrachtet werden zu können.

Es war kurz vor Ladenschluss, sie schaltete das Neonlicht aus, der Raum war jetzt in ein gedämpftes Licht getaucht. Im Halbdunkel sahen die Bücher noch schöner aus, geheimnisvoller, als hätten sie noch mehr zu sagen.

In der Via d'Azeglio schienen die Passanten in ihren Mänteln trotz der Kälte extra langsam zu gehen. Vielleicht spürten sie, dass es Tage gibt, die es so nicht noch mal geben wird. Es war eng in dieser Gasse mit dem gelben Lichterschmuck, die meisten gingen in Richtung Piazza Maggiore. Bunte Päckchen, von behandschuhten Händen gehalten, passierten das

Schaufenster, große, glänzende Taschen, auch Kinder mit erhitzten roten Wangen, alle hinterließen Fußstapfen im Schnee, welche gleich darauf wieder von feinem Weiß bedeckt waren.

Schnee ist wie ein Radiergummi, der Spuren verschwinden lässt, dachte Alma, während sie den Duft nach Vanille und Kaffee einatmete, der aus der Konditorei von nebenan kam. Sie schaltete die Anlage ein – Radiohead – und zog einen Hocker zur Tür. Die Zeit bis Heiligabend war wie im Flug vergangen, eigentlich hätte sie noch tausend Dinge zu erledigen gehabt, aber manchmal muss man einfach den Moment genießen.

Unaufmerksamkeit ist auch wie ein Radiergummi, dachte sie, sie beseitigt Erinnerungen, noch bevor sie sich im Gedächtnis einnisten können. Das Handy klingelte kurz, sie hatte eine Nachricht bekommen und hoffte das, was sie seit Wochen bei jedem Klingelton hoffte: dass sie von Bruno war. Oft war sie tatsächlich von ihm, manchmal gehorchte die Wirklichkeit anstandslos ihrem Wunschdenken. Sie telefonierten jeden Tag miteinander, und Alma fragte sich, was ist jetzt eigentlich mit dem Schweigen, wo geht es hin, verläuft es sich, bevor es den Weg findet? Und das Flüstern unter Geliebten? Bleibt es an einem unbekannten Ort hängen, irgendwo zwischen dem Mund des Sprechenden und dem Ohr des Lauschenden? Und die Küsse erst ... der Himmel muss voll von Küssen sein, die aus Handys strömen.

Alma und Bruno erzählten sich dann immer, wie

ihr Tag verlaufen war. In Monferrato hatte es die Woche zuvor schon geschneit, und Alma stellte sich vor, wie die Wiesen mit Schnee bedeckt waren, und wie schwierig es sein musste, die Pferde aus dem Stall zu treiben, sie sah ihren weiß dampfenden Atem vor dem Grau der tiefhängenden Wolken. Sie wusste, wie verhasst Bruno das Telefonieren war, wie schwer es ihm fiel, und wie dämlich er sich vorkam, wenn er wohldosierte, zärtliche Worte in einen Plastikapparat sprach. Sie sagten sich Dinge, die durchaus wie Liebesgeflüster waren, doch Bruno war gehemmt durch die Distanz, die sie trennte, und dadurch wurde wiederum Almas Gefühlsüberschwang ausgebremst. Oft genug hielt sie sich mit Zärtlichkeiten zurück, und wenn sie dann auflegte, brannten ihr diese in der Kehle. Manchmal musste sie das schöne Gefühl, wenn das Klingeln seine Stimme ankündigte, bitter bezahlen in Form von Zweifeln, die mit dem letzten *Ciao* aufkamen, mit der kurzen Stille vor dem Auflegen. Diese Stille darf auf keinen Fall irgendwo konserviert werden.

Sie dachte, wie schön es wäre, wenn sie zusammen sein könnten, und wie absurd der Gedanke gleichzeitig war. Denn ihre Buchhandlung war erst vor kurzem eröffnet worden, und sie würde auch in den Ferien arbeiten müssen – durch den Kredit, den sie aufgenommen hatte, blieb ihr gar keine andere Wahl.

Der Song – *Creep* – war jetzt zu Ende, sie stand auf und ging zu ihrem Handy. Die Nachricht war tatsächlich von Bruno: *Kommst du mal raus?*

Sie las sie noch einmal. *Kommst du mal raus?*

Wieder sah sie auf den Absender: Bruno.

Das musste ein Versehen sein. Alma verspürte einen kleinen Stich – Eifersucht –, weil jemand bei ihm in der Nähe war, der im Nu bei ihm draußen sein konnte, gleichzeitig folgte sie einem inneren Impuls, nahm ihre Jacke, öffnete die Tür und sagte sich, dass sie ja nur den Schnee berühren wolle, sie sagte sich, wie bescheuert bin ich doch, ich will doch gar nicht den Schnee berühren, sie sagte zu ihrem Herzen, was rast du denn so verrückt wie ein Trommelwirbel.

Dieses Gedankengewitter hatte sich viel zu schnell entladen, als dass sie sich später noch genau daran erinnern könnte. Was allerdings in ihrem Gedächtnis haften blieb, unauslöschlich und für längere Zeit, als ihr lieb war, waren die Umrisse eines dunklen Mantels vor einer Hauswand, bei der alten Straßenlaterne, dort, wo der Schnee langsamer herabschwebte, um sich bewundern zu lassen. Der Mann blickte geradeaus, einen Schirm hatte er nicht, auf Schultern und Haaren lag bereits eine dünne weiße Schicht. Aber das schien ihm nichts auszumachen, er sah aus, als könnte er stunden- oder jahrelang hier bei den tanzenden Schneeflocken stehen.

Alma trat vor ihn, sie hatte noch nicht einmal ihre Jacke angezogen, wie einen Blumenstrauß hielt sie sie in der Hand. Als sie sich ansahen, musste sie lachen. In seinen Augen spiegelten sich kleine Schneewirbel wider, ihr fehlten die Worte, sie verspürte nur ein Schaudern, zuerst in ihrem Bauch, dann berührten ihre Hände sein Gesicht, die frisch rasierten Wangen, die akkurat gestutzten Koteletten. Erst da begann sie zu sprechen: «Du bist ja verrückt, ohne Schirm ...» Diese alberne Feststellung war das Einzige, was sie hervorbringen konnte. Dann küssten sie sich. Es war ein so langer Kuss, dass die Schneeflocken im Licht der Laterne noch langsamer herabschwebten, diesmal, um heimlich zu ihnen hinüberzulinsen.

«Wie hast du mich gefunden?»

Bruno lachte. «Das war nicht allzu schwer. Ich kannte ja den Namen der Straße und von dem Laden auch. Bei uns auf dem Land gibt's auch Internet, selbst wenn alles voller Wiesen und Felder ist.» Sie lachten, diesmal etwas lauter, um ihre Gefühle zu verbergen.

«Du hast ja gesagt, du hättest keine Pläne für Weihnachten, und so dachte ich mir, ich mache einen Überraschungsbesuch», meinte er und lächelte.

«Langweilig wird uns sicher nicht ... Aber wie hast du es geschafft, dich frei zu boxen? Du hast doch gesagt, du könntest nicht weg vom Hof.»

«Ich habe über Weihnachten jemanden eingestellt. Den jungen Kerl, der auf den Hof gezogen ist und mir sonst auch mit den Pferden hilft. Er kümmert sich um alles.»

«Danke», murmelte Alma, sie rechnete es ihm wirklich hoch an.

«Ich habe es auch für mich getan, ich wollte nicht mehr immer nur telefonieren ...» Wieder mussten sie lachen. «Ich glaube, wir sollten jetzt besser gehen, sonst stehen hier gleich zwei Schneemänner.»

Sie schlossen die Buchhandlung ab, dann spazierten sie Hand in Hand durch Bologna, ohne ein konkretes Ziel. Alma betrachtete die Straßen, als sähe sie sie zum ersten Mal. Richtig unwirklich kam es ihr vor, dass sie mit ihm zusammen hier herumlief. Immer wieder überprüfte sie, ob die Fußspuren im Schnee auch doppelt vorhanden waren, und verschränkte ihre Finger ganz fest mit den seinen. Wenn sie gekonnt hätte, wäre sie am liebsten in seinen Ärmel gekrochen, wäre eins mit seiner Atmung geworden.

Sie spürte so viel Leben in sich, wirklich so viel Leben, dass sie fürchtete, sie könnte platzen. Und während eine Mondsichel hinter dem Horizont zum Vorschein kam, dachte sie, solche Szenen findet man zwar zuhauf in Liebesromanen, aber manchmal übertrifft die Wirklichkeit sogar die Phantasie.

Sie betraten eine Osteria, sie war schlicht und halb leer an diesem Festtag – die Menschen aus Bologna feierten ihn lieber zu Hause an einem schön gedeckten Tisch mit dem guten Geschirr, und die Touristen lieber in irgendeinem angesagten Lokal. Sie wählten einen Platz in der Ecke am Fenster, denn sie konnten sich nicht sattsehen an den herumwirbelnden Schneeflocken. Sie aßen ein einfaches Gericht und tranken dazu guten Wein. Der Kamin brannte, und ein mürrischer Kellner schmiss die Holzscheite hinein, als hätte er es mit dem Kessel einer Dampflok zu tun. Aber irgendwie hatte alles etwas Magisches an sich, sogar die grauen Wände, die Holztische, in die lauter Wörter geritzt waren, und die polternde Spülmaschine in der Küche gegenüber. Das Essen war nicht gerade ein Festmahl, aber sie nahmen ohnehin den Geschmack nicht wahr, weil sie sich einzig aufeinander konzentrierten, auf ihre Stimmen, die ineinandergriffen, auf die Berührungen ihrer Beine unterm Tisch.

«Wie lange bleibst du?», fragte sie erwartungsvoll – die Gabel verharrte in der Luft –, als würde gleich eine Prophezeiung verkündet werden.

«Bis Silvester, ich würde es gerne mit dir feiern. Vielleicht auch noch länger, wenn ich nicht störe», meinte er mit gespielter Höflichkeit. Almas Stuhl machte einen Satz zurück, als sie auffuhr und Bruno über den Tisch hinweg küsste. Sie mussten lachen, denn es hätte nicht viel gefehlt, und die Weingläser und die Karaffe mit Wasser wären umgekippt. Dann beschlossen sie, dass sie auf diese frohe Botschaft noch einmal anstoßen mussten.

Er füllte – dreimal – ihr Glas, sie tupfte einen Krümel von seinem Mund, er entkorkte die zweite Flasche Wein, sie hob einen Löffel auf, der ihm heruntergefallen war. Aus den Nebelschwaden des Alkohols und des Kaminfeuers heraus fragte sich Alma, ob es sich bei der Liebe nicht vielmehr um eine geheimnisvolle algebraische Gleichung handelt, um die Summe ganz bestimmter Gesten: verrutschter Stühle, offener Türen, getauschter Blicke. Vielleicht, so dachte sie, folgt die Liebe festgelegten Regeln, die nur kein Mensch kennt.

Alma war ganz vertieft in ihre Überlegungen, doch als Bruno wissen wollte, an was sie gerade dachte, erwähnte sie keine Zahlen oder Theoreme, sondern sagte lediglich: «Ich möchte dir einen Ort zeigen.»

Sie zahlten und verließen das Lokal. Nach einem Gewirr verwinkelter Gassen gelangten sie wieder ins Zentrum, die Flocken fielen auch weiterhin fleißig vom Himmel, sodass der Schnee jetzt noch ein Stück höher lag. Alma führte ihn durch die symmetrisch angeordneten Säulengänge, vorbei an nur wenigen Passanten, die an diesem Festtag noch unterwegs waren. Dieser Abend hatte etwas Märchenhaftes mit dem weißen Zauber, den fast menschenleeren Straßen, den gedämpften Geräuschen ... Ab und zu sah sie auf die Uhr, als hätte sie eine Verabredung, und dann beschleunigte sie ihre Schritte. Sie erreichten *La Torre degli Asinelli*, den «Turm der Esel», und gingen zum Aufgang. Bruno meinte, es sei bestimmt nicht möglich, um diese Uhrzeit noch hinaufzusteigen, er sei doch geschlossen. Aber Alma zog ihr Handy aus der Tasche und wählte eine Nummer. Kurz darauf erschien jemand und öffnete ihnen. Als sie die ersten Stufen hochstiegen, zwinkerte sie Bruno zu. «Der Wächter ist ein alter Freund von mir.»

Die Holztreppe knarrte unter ihren schnellen Schritten, mit ihren Schuhen hinterließen sie Abdrücke im Schnee, die schnell wieder verschwanden. Das matte Licht, die bröckeligen Ziegelwände, die kleinen Schießscharten, die steil zum Himmel strebenden Stufen, die verlassene, einsame Atmosphäre –

das alles hatte etwas Geheimnisvolles an sich. Als sie dann ziemlich außer Atem oben angekommen waren, sahen sie unter sich in der Dunkelheit ein Meer aus Schieferdächern, das mit feinem Weiß bestäubt war. Es war, als würden sie aus einer Blindheit heraustreten, da kein Hindernis mehr ihren Blick verdunkelte, und jetzt war es fast schon zu viel, was sich da dem Auge bot, hier draußen, wo der Horizont mit der Dunkelheit eins wurde.

Kein Wort hätte diesen Moment beschreiben können, ohne ihm etwas von seiner Einzigartigkeit zu nehmen. Sie stand mit dem Rücken zu Bruno, drückte sich gegen seine Brust, sah auf all die Kuppeln und Dächer und versuchte, Straßen wiederzuerkennen. Erst die Kälte erinnerte sie daran, dass sie auch wirklich lebendig waren, denn die Schönheit war so überwältigend, dass ihnen alles unwirklich vorkam. Sie redeten nicht, sämtliche Verheißungen schwebten ohnehin in der Luft, die wie elektrisiert war. Man hätte nur die Hand ausstrecken müssen, um ihre Wünsche – auch ihre Ängste – zu erspüren oder im Gegenlicht ihr durchschimmerndes Verlangen zu sehen. Aber hinsehen war gar nicht notwendig, nur spüren – die Kraft eines Traums, der die Angst, er könnte irgendwann enden, in sich trägt.

Als sie später, starr vor Kälte und noch ganz berauscht, in Almas Wohnung waren, zog Bruno ein Päckchen aus seinem Rucksack.

«Für mich?», fragte sie, obwohl sie längst dabei war, es zu öffnen. Eine Brosche war darin, sie hatte die Form einer Wolke, und wenn man sie bewegte, änderte sie ihre Farbe. «Sie hat mich an deine schönen Augen erinnert», und erschrocken über so viel Romantik, fügte er hinzu: «Außerdem sind Wolken besser als Sonne, sie haben viele unterschiedliche Formen, und du kannst zusehen, wie sie sich verändern.»

Auch ein Buch war darin, Alma sah ihn fragend an.

«Das ist der Reiseführer, den ich für den Jakobsweg hatte, ich habe dir ja davon erzählt. Das Buch bedeutet mir sehr viel, ich habe alle Etappen, die ich gegangen bin, markiert, alle Orte, an denen ich übernachtet habe. Ich dachte, ich behalte es ewig, die Reise damals hat mich sehr verändert. Aber jetzt möchte ich, dass du es hast, in der Hoffnung, dass wir den Jakobsweg zusammen gehen – bald.»

«Wer hat dich geschickt, um mich so glücklich zu machen?», sagte Alma mit brüchiger Stimme.

«Das weiß ich nicht, aber wenn ich sehe, wie mir gerade die Luft wegbleibt, kommt es mir vor, als wäre ich in einem wahnsinnigen Tempo zu dir gerannt ...»

Alma sagte alles ab, was sie noch vorhatte, und so feierten sie zusammen Weihnachten. Ihre Eltern waren in der Emilia Romagna, wo sie ein Häuschen hatten und jedes Jahr die Feiertage verbrachten. Die Verabredungen mit Freunden wurden verschoben, denn der Wunsch, ihnen Bruno vorzustellen, war nicht so stark wie das Bedürfnis, mit ihm allein zu sein, ihm nah zu sein, an ihm zu haften, ihn zu spüren.

Eines Nachts – sie hatten eben miteinander geschlafen – drehte Alma sich von einer Seite auf die andere, sie konnte keinen Schlaf finden.

«Was ist los?», fragte Bruno, streckte eine Hand nach ihr aus und streichelte ihr Haar.

«Ich denke nach», gab sie zurück. «Bevor du kamst, habe ich immer auf die Liebe gewartet, in der ich mich *ganz* fühle. Es kam mir vor, als wäre alles, was ich tue, nur eine halbe Sache, als würde ich in einer langen Schlange vor dem Karussell stehen und warten, bis ich endlich an der Reihe bin. Ich war mit Männern zusammen, mit denen es mir gutging, aber irgendwie hat immer etwas gefehlt. Erst jetzt ist mir klar, was. Aber mein Glück ist nicht perfekt, und ich weiß nicht, wie wir eine normale Liebe leben können, ohne diese Entfernung, ohne das Warten, ohne das Telefonieren. Ich fühle mich also schon wieder, als würde ich in der Schlange stehen und darauf warten, *ganz* zu werden.»

Bruno drehte sich zur Seite, um sie im Halbdunkel besser sehen zu können – nur das Licht von der Straße erhellte den Raum ein wenig.

«Kennst du die Geschichte von der unzufriedenen Schwalbe?», fragte er. Sie schüttelte den Kopf.

«Es war einmal eine Schwalbe, die eben erst geboren war in ihrem Nest aus Lehm und Gräsern. Sie war perfekt: kleiner, krummer Schnabel, weiche, zerzauste Federn, kräftige Beinchen. Sie dachte, dass die Welt dadraußen sicher wunderschön ist, sie aber erst richtig glücklich sein kann, wenn sie gelernt hat zu fliegen. Sie probierte es aus – und konnte fliegen.

Dann dachte sie, bald ist es so weit, sie wird fortfliegen müssen, und wer weiß, ob sie dann auch noch so einen phantastischen Ausblick haben würde, wer weiß, ob ihre Flügel überhaupt stark genug sind, um die Reise zu überstehen. Doch sie schaffte es und erreichte Afrika, wo der Himmel so viel größer war als in ihrer Heimat, sie fühlte sich wie ein Fisch, der in einer kleinen Schüssel gelebt hat und plötzlich im Meer schwimmt. Aber die Schwalbe dachte, um wahrhaftig glücklich zu sein, würde sie warten müssen, bis sie wieder in ihr Nest zurückkehrte. Sie kehrte zurück, doch jetzt verschob sie ihr Glück auf den Moment der Fortpflanzung, auf das Brechen der Schalen ihrer ausgebrüteten Eier, auf das Flüggewerden ihrer Schwalbenküken, auf das erneute Fortziehen. So verging die Zeit. Allmählich war sie zu schwach, um in höchsten Höhen zu segeln, und so langsam dachte sie, dass sie wahrhaftiges Glück gar nicht mehr verdiente und dass sie ohnehin viel zu alt sei, um es auch genießen zu können.»

Bruno schwieg einen Moment, das Geräusch eines vorbeifahrenden Autos drang von der Straße her, dann fragte er: «Verstehst du, was ich dir damit sagen will?»

«Ich glaube schon. Du willst mir sagen: Wenn ich eine Schwalbe wäre, wäre ich die totale Nervensäge.» Sie lachten.

Er nahm sie in den Arm, und in diesem perfekten Augenblick fühlte Alma sich: *ganz*.

Als sie am nächsten Morgen aufstand und ihn

selig schlafen sah, fielen ihr die Worte aus Jacques Préverts Gedicht *Alicante* ein, das der Buchhandlung ihren Namen gab: *Eine Orange auf dem Tisch, dein Kleid auf dem Teppich, und du auf meinem Bett, o süßes Geschenk der Gegenwart.*

In den darauffolgenden Tagen war er fast die ganze Zeit mit ihr im Laden. Ab und zu ging er raus, um frische Luft zu schnappen oder einen Spaziergang zu machen, aber er hatte es immer eilig, zurückzukommen – er mochte das Chaos der Stadt nicht, und das Gewusel in den Läden machte ihn sofort nervös.

Sie zogen sich gegenseitig auf, nannten sich die *Stadtmaus* und die *Landmaus*, wie die aus dem Kinderbuch. Beide wussten sie: Das, was Bruno an Bologna mochte, war nur der Teil, der Almas Leben betraf, so wie es sein kann, dass einem ein Kleid nur an einem bestimmten Frauenkörper gefällt. Umgekehrt liebte Alma seine piemontesischen Hügel vor allem deswegen, weil sie ihn darin vor sich sah, aber noch nie hatte sie mit dem Gedanken gespielt, dorthin zu gehen, es sei denn, um Urlaub zu machen.

Sie zogen sich gegenseitig auf, scheuten sich aber vor der Frage, was nach diesen gemeinsamen Tagen in Bologna kommen würde. Um diesem Moment nichts von seiner Perfektion zu nehmen, vermieden sie es tunlichst, denselben Fehler wie die unzufriedene Schwalbe zu begehen: Sie dachten also nicht an Januar, wenn sie nicht mehr sich, sondern wieder nur ihr Handy und eine weit entfernte Stimme haben würden, wenn der Piepton ertönen und sie ihn konservieren würden aus lauter Traurigkeit, weil man nur ein paar Minuten mit dem anderen sprechen konnte und die restliche Zeit mit einer Abwesenheit.

Sie lebten den Moment – vielleicht sollte man das sowieso immer tun – und spürten, sie waren wie der Glockenschlag, der gerade in diesem Augenblick schlug.

Silvester stand kurz bevor, nur noch zwei Tage waren es bis zum neuen Jahr. Gerade hatten sie – inmitten eines Lichtermeers – ein einfaches Mittagessen in einer Bar im Zentrum zu sich genommen, jetzt saßen sie im *Alicante* hinter dem Ladentisch. Schon seit ein paar Tagen schneite es nicht mehr, es hatte geregnet, jetzt fiel nur noch leichter Nieselregen, und der Himmel war dunkelgrau. So einen Himmel weiß man nur zu schätzen, wenn man zu Hause sitzt und aus dem Fenster schaut.

Sie unterhielten sich gerade über einen Artikel, den sie in der Tageszeitung gelesen hatten, als Brunos Handy klingelte. Er ging vor die Tür, Alma sah sein Profil durch die Scheibe – zuerst war er wild am Gestikulieren, dann blickte er nur noch zu Boden. Jetzt wählte er eine Nummer und begann wieder zu sprechen. Die Umrisse seiner hochgewachsenen Gestalt zeichneten sich gegen das schummrige Licht ab. Sogar das gefiel ihr: ihn hinter dieser Glasscheibe zu betrachten. Vielleicht zum ersten Mal überhaupt spürte sie kein Misstrauen gegenüber einem Mann oder glaubte, sie sollte vorsichtig sein. Sie dachte, sie könnte sich eingerollt in seiner Hand verkriechen und hätte keine Angst, dass er sie erdrücken oder sie fallen lassen würde.

Er kam wieder herein, die Ladenglocke ertönte, und sie sah sein ernstes Gesicht.

«Ist etwas passiert?»

«Ich muss zurück», gab er als Antwort. «Heute. Kannst du dich an Vento erinnern? Der Appaloosa, der in der letzten Box steht, gleich neben dem Tor. Er ist krank.»

«Das tut mir leid, Bruno. Aber musst du wirklich zurück? Kann sich nicht dein neuer Stallbursche darum kümmern?»

«Nein. Nicht allein. Ich kann ihm diese Verantwortung nicht zumuten. Ich habe mit dem Tierarzt gesprochen, vielleicht muss er ihn einschläfern, aber ich muss auf jeden Fall dabei sein.»

«Und was ist mit deinen Eltern?»

«Die kommen erst nach Dreikönig wieder. Aber die Pferde sind sowieso meine Angelegenheit.»

Bruno blickte zu Boden, als wollte er seine Gedanken sortieren, als würde er jenes Glück, das zehn Minuten zuvor noch unerschütterlich zu sein schien, wieder herbeizaubern wollen. Er sah Alma an und sagte: «Komm mit mir! Wir verbringen ein paar Tage bei mir.»

«Ich kann nicht, das weißt du. Außer an Neujahr ist der Laden immer geöffnet.»

«Nur für ein paar Tage. Es kann doch immer etwas

dazwischenkommen, wir hängen einfach ein Schild raus. *Wegen Liebe geschlossen.* Dafür hat jeder Verständnis.» Er versuchte zu lächeln.

«Ich kann nicht, Bruno. Du weißt ja gar nicht, wie gerne ich mitkommen würde. Aber ich habe gerade erst eröffnet, und jetzt ist die beste Zeit, das Weihnachtsgeschäft, die Läden sind voll, es ist ein einziges Kommen und Gehen. Außerdem ist da ja noch dieser blöde Kredit, und ...»

Die Tür ging auf, eine Frau mit einem dick eingemummten Pudel auf dem Arm betrat den Laden und fragte nach einem geeigneten Buch für einen Jugendlichen. Bruno sah Alma an: «Ich dreh eine Runde. Bevor du schließt, bin ich wieder da.»

Am liebsten hätte Alma die Signora mit ihrem Pudel rausgeschmissen und wäre ihm hinterhergerannt, stattdessen nickte sie und ging zum Regal für Jugendliteratur.

Es kamen noch mehr Kunden auf der Suche nach bestimmten Büchern, Autoren oder Leseempfehlungen. Sie hinterließen Matschspuren auf dem Fußboden, zerrten Bücher aus den Regalen und gingen nur manchmal mit einer Tüte wieder hinaus, nahmen dabei aber nicht einen einzigen sorgenvollen Gedanken von Alma mit. Extrem nervös schielte sie auf jeden Passanten, der vorbeilief, und bei jedem Ertönen der Ladenglocke drehte sie sich blitzschnell zur Tür.

Bruno kam kurz vor Ladenschluss. Er sah aus, als wäre er die ganze Zeit im Nieselregen herumgelaufen. Er wartete, bis Alma die letzten Kunden bedient hatte, half ihr, das Rollgitter herunterzulassen, dann standen sie draußen.

«Ich war bei dir zu Hause und habe meine Sachen geholt», sagte er sogleich. «Ich habe noch gewartet, um mich von dir zu verabschieden.»

«Das kann doch nicht sein, dass es keine andere Lösung gibt! Willst du jetzt wirklich fahren?»

«Ja, Alma, ich muss los.» Er sagte es klar und deutlich und unumstößlich, wie man auch eine Spielkarte nicht mehr zurücknehmen kann, wenn sie erst einmal aufgedeckt auf dem Tisch liegt.

«Lass uns wenigstens kurz reden, ein paar Minuten wirst du wohl noch haben, ich will nicht, dass du so gehst.» Es klang fast flehend.

Sie gingen in Richtung Piazza Maggiore – in der Nähe hatte Bruno sein Auto geparkt –, und die Leichtigkeit der vergangenen Tage lastete jetzt schwer auf jedem ihrer Schritte und führte sie zu dem Moment, den sie gerne vermieden hätten.

Bei der Kirche San Petronio setzten sie sich auf die Treppe unter den Bögen. Es hatte aufgehört zu regnen, und die Straßen waren jetzt mit nassem, dreckigem Schneematsch bedeckt. Bologna wirkte ganz anders, fast schon unwirtlich durch die feuchte Kälte und die trägen Menschen in ihren Stiefeln. Aber Bologna schien sie auch ein wenig zu verstehen, es drückte einfach nur ihre traurige Stimmung aus, allerdings auf eine bösartige, gleichgültige Art. Das waren Almas Gedanken, vielleicht, um nicht überlegen zu müssen, was er ihr gleich sagen würde. Er hatte jetzt seine Hände im Schoß vergraben, anstatt die ihren zu halten, und betrachtete die symmetrische, strenge Fassade der Kirche.

Sie ertrug dieses finstere Schweigen nicht. «Sag mir, was du denkst. Warum bist du so ernst?»

Bruno sprach mit einer Stimme, die sie an ihm nicht kannte, einer Stimme, die für Distanz sorgte. «Ich habe den ganzen Nachmittag über unsere Situation nachgedacht. Aber das ist nur die Fortsetzung der tausend Gedanken, die mir schon lange durch den Kopf gehen, eigentlich seit wir zusammen sind. Was ich dir gleich sagen werde, mag in deinen Ohren egoistisch klingen, wahrscheinlich ist es das auch, aber ich denke, es ist besser für uns beide, wenn wir einander ziehen lassen.»

«*Ziehen lassen*? Was soll das heißen?»

«Das heißt, dass unsere Beziehung keine Zukunft hat. Es ist schön zu telefonieren, sich das nächste Wiedersehen vorzustellen, wenn ich dich wieder in meine Arme schließen kann ... Aber es ist mir zu wenig. Ich muss wissen, dass es ein *Danach* gibt. Keine Ahnung, ob du mich verstehst. Ich kann von dir nicht erwarten, dass du alles aufgibst und zu mir ziehst. Ich weiß, dass du dir dieses Leben so sehr gewünscht hast, dass dieses Leben jetzt zu dir gehört. Du hast es dir selbst aufgebaut, mit viel Mühe und auch viel Mut, unter großem Einsatz, der so groß war wie der Traum, den du hattest. Man darf von keinem verlangen, seine Träume aufzugeben, er würde sich selbst untreu werden. Du würdest zu etwas werden, was du nicht bist, Alma!»

Sie senkte den Blick und versuchte verzweifelt, ein Gegenmittel für den Schmerz zu finden, den diese Worte bei ihr verursachten. Sie brachte nur leise hervor: «Ist es für dich wirklich undenkbar, zu mir zu ziehen?»

«Ich würde es keinen Monat aushalten. Schau mich doch an – schon nach ein paar Tagen werde ich unruhig und nervös. Ich würde mich wie im Gefängnis fühlen, und du wärst die Wärterin, und ich will nicht, dass es so weit kommt. Ich habe dir ja schon gesagt, dass ich ein Gedächtnis wie ein Zugvogel habe. Irgendetwas muss ich in mir haben, das mich immer wieder nach Hause bringt, auch gegen meinen Willen.»

«Sollen wir uns nicht noch etwas Zeit geben?» Die Frage hatte sie auch deshalb gestellt, um Zeit zu gewinnen, um nicht sehen zu müssen, wie er sich von dieser Treppe erhob und verschwand.

«Zeit, wozu? Damit es uns heute schlechtgeht und morgen auch? Alma, wir wissen doch beide, dass sich an der Situation nichts ändern wird.»

«Aber es muss doch nicht immer so bleiben. Wenn das mit dem Laden erst mal läuft, kann ich öfter Urlaub nehmen und zu dir kommen ...»

«Dann ist unser Leben ein einziges Warten auf den nächsten Urlaub, aufs Wochenende, auf diese lächerlichen paar Tage im Monat. Nein, Alma, das kann ich nicht. Ich habe mir mein Leben so eingerichtet, dass ich frei und selbstbestimmt bin, dass ich nicht ständig auf irgendetwas warten muss, dass ich die Gegenwart so leben kann, als wäre sie das Einzige, was ich habe. Wir haben es noch nicht mal geschafft, eine Woche zusammen zu verbringen, und ich habe wirklich alles dafür getan. Ich bin schicksalsgläubig, das weißt du, und ich kann nicht glauben, dass es kein Zeichen ist. Wenn es so schon losgeht, ahne ich nichts Gutes.»

«Und was ist mit der Geschichte, die du mir erzählt hast, von der unzufriedenen Schwalbe? Warum können wir nicht versuchen, mit dem, was wir haben, glücklich zu sein?»

«Aber genau das ist doch der Punkt! Ich weiß jetzt, dass ich in einer Beziehung, wie wir sie hätten, genau das machen würde: Ich müsste immer auf die Glücksmomente warten, sie wären immer verschoben, von Weihnachten zu den Sommerferien, und so weiter. Du hattest schon recht. So wird man sich nie *ganz* fühlen können, es wird immer etwas fehlen. Bei mir ist es jedenfalls so.»

«Dann ist dir das, was wir haben, einfach nicht wichtig genug.» Am liebsten hätte Alma auf der Stelle jedes einzelne Wort zurückgenommen. Wenn das Schutzschild versagt, werden einfach die Messer gewetzt.

«Denkst du das wirklich? Denkst du, mir tut es weniger weh? Ich habe mich an dir festgehalten, an den Telefonaten mit dir, an den Erinnerungen an die Tage, die wir zusammen verbracht haben. Du hast meinen Alltag komplett durcheinandergewirbelt. Früher bin ich mit der aufgehenden Sonne aufgewacht und schlafen gegangen, wenn sich der Abend allmählich verabschiedete. Jetzt liege ich wach im Bett und warte auf eine Nachricht von dir, damit ich einschlafen kann, oder ich warte auf deinen Anruf aus der Mittagspause, bevor ich mich an den Tisch setze und esse. Dieses ständige An-dich-Denken hat mich aufgezehrt. Ich habe starke Arme, aber eine schwache Phantasie – und dich immer nur in meiner Vorstellung zu haben, raubt mir Kraft, es laugt mich aus. Ich könnte mein ganzes Leben auf etwas warten, wenn es mit Sicherheit kommt. Aber sich an ein *Vielleicht* klammern zu müssen, verunsichert mich, ich weiß dann nicht mehr, woran ich bin.»

«Bruno, aber irgendwie verstehe ich das nicht ... Mir macht die Entfernung doch auch Angst, die Kilometer, die zwischen unseren Leben liegen, die so gegensätzlich sind. Aber wenn das, was du fühlst, auch nur annähernd dem entspricht, was ich fühle, dann wäre es ein Frevel, die Beziehung zu beenden. Ohne einen richtigen Grund. Der reinste Wahnsinn ... Also verstehe ich es nicht, bitte erkläre es mir.»

«Gut. Es gibt tatsächlich noch etwas, das meine Entscheidung beeinflusst, ich weiß nicht, ob ich es richtig erklären kann. Bevor ich dich kennenlernte, liebte ich eine andere Frau. Sie hieß Anna, sie half eine Saison lang in den Weinbergen und wohnte auf einem Hof in der Nähe. Wir wurden ein Paar, und sie blieb fast ein Jahr. Trotz ihrer schroffen Art und ihrem Problem, sich zu öffnen, habe ich sie auf eine absolute Art geliebt. Wir waren glücklich, und ich habe damals zum ersten Mal verstanden, was es heißt, für jemanden zu leben. Dann wurde ihr Vater krank, und sie musste zurück nach Treviso. Wir waren vier Jahre zusammen und haben uns nur ab und zu gesehen, immer dann, wenn es eben möglich war. Ihrem Vater ging es immer schlechter, und sie musste bei ihm sein, er war Witwer und hatte keinen, der sich um ihn kümmern konnte. Wir dachten, wenn er erst mal wieder auf die Beine kommt – wir sagten *gesund* statt *tot* –, würde sie zu mir ziehen.

Irgendwann hat sie sich verändert, sie hat eine Art Schutzwall aufgebaut, sich mir gegenüber abgekapselt, wie sie es sonst bei anderen tat, ich hatte das schon an ihr beobachtet. Ich dachte, es wäre wegen ihrem Vater, der von Tag zu Tag ein bisschen mehr starb. Vielleicht war es ja auch deswegen. Jedenfalls rief sie mich eines Tages an und sagte: ‹Es ist aus, wir können uns nicht mehr sehen.› Du hast ja keine Ahnung, wie ich mich fühlte. Ich fuhr zu ihr, nahm die lange Fahrt auf mich, um zu verstehen, oder wenigstens, um ins Gesicht gesagt zu bekommen: ‹Es ist Schluss!› Wenn sie mich zum Teufel jagte, sollte sie mir dabei wenigstens in die Augen blicken, das war sie mir schuldig. Als ich dort ankam, wurde mir sofort klar, dass sie einen anderen hatte. Es war der Krankenpfleger ihres Vaters, er war älter als ich, mir waren seine kräftigen Arme aufgefallen, sie sahen aus wie meine, auch wenn sie von unterschiedlichen

Arbeiten herrührten. Ich wollte gar nicht wissen, wie lange das schon ging, ich habe keine Fragen gestellt.

Wie banal, oder? Wie in einer *Soap*, man kennt das ja. Ich hasste sie, lange Zeit, und zwar so tief, dass ich über mich selbst erschrak. Es hat mich aufgefressen. Wenn man verlassen wird, ist das Gefühl, das dabei aufkommt, genauso intensiv wie die Liebe, die man zuvor verspürt hat, nur mit einem Minuszeichen davor. Irgendwann habe ich verstanden, dass sie jemanden zum Anlehnen brauchte, jemanden, der in ihrer Nähe war, und dass liebevolle Worte von jemandem, der nur manchmal bei dir ist, längst nicht so viel wert sind wie liebevolle Taten von jemandem, der immer da ist. Liebe ist etwas Greifbares, ein Körper, der neben dir im Bett schläft, der dir gegenüber am Tisch sitzt. Sie ist so konkret wie eine Espressomaschine, die jeden Morgen auf dem Herd steht, wie zwei Kaffeetassen, die im Spülbecken klappern, wenn du sie abwäschst. Das habe ich jetzt begriffen, und ich will nicht wieder den gleichen Fehler machen. Meine Gefühle für dich haben mich hierhergeführt, aber der Anruf hat mich wieder in die Realität zurückgeholt.»

«Aber es war doch nicht deine Schuld, dass sie dich verlassen hat, und ich bin nicht Anna, du kannst mir vertrauen!»

«Das ist alles richtig, es war nicht meine Schuld, und du bist nicht sie. Am Anfang ist es immer leicht, zuversichtlich zu sein, aber ich will mich nicht ständig fragen müssen, wie du deine Zeit verbringst und mit wem. Vorhin zum Beispiel, als ich in den Laden kam, da hast du dich gerade mit einem Typen unterhalten ...»

«Aber das war ein Kunde, der ein Geschenk für seine Freundin suchte!»

«Du hast recht, aber es hat mir nicht gepasst, das war meine spontane Reaktion. Ich schäme mich fast dafür und wollte es eigentlich auch gar nicht sagen. Aber jetzt weißt du's, du kennst meine Ängste und siehst, wie bescheuert ich reagieren kann, wie mich die Verletzung von damals geprägt hat. Ich bin solchen Situationen einfach nicht gewachsen. Vielleicht fällt es dir jetzt leichter, mich gehen zu lassen.»

Es folgte ein langes Schweigen, wie in einem Film, in dem der Ton herausgeschnitten ist. Sogar die Piazza schien zu verstummen und auf das Ende zu warten.

«Und was fange ich jetzt mit meinen ganzen Gefühlen an?»

«Das darfst du mich nicht fragen, Alma. Wie du siehst, kann ich mit Gefühlen nicht gut umgehen. Weder mit meinen noch mit denen der anderen. Ich hab's ja versucht, aber ich komme mir vor wie ein kleiner Junge, dem man eine Wasserbombe gegen eine Granate ausgetauscht hat.»

«Dann kann ich also gar nichts tun, um dich umzustimmen?»

«Natürlich: mir folgen. Aber das geht nicht.»

«Jetzt nicht. Aber das heißt nicht, dass es in Zukunft ...»

«Das heißt es nicht, ich weiß. Aber ich lebe im Hier

und Jetzt, und ich muss *jetzt* gehen. Was die Zukunft angeht, weiß ich nur, wann abends die Sonne untergeht.»

Er stand auf, nachdem er noch einmal ihre Hand in der seinen gewärmt hatte. Lange hielt er sie an seine Lippen gepresst und küsste ihren Handrücken.

«*Ciao*, Alma, pass auf dich auf!»

Dann ging er, überquerte die Straße, verschwand in der Menge, bis nur noch die Menge da und er weg war.

Alma, die reglos auf der Treppe saß, dachte, das sah jetzt wirklich nach einem richtigen Abschied aus. Bildlich hatte sie ein Schwarz-Weiß-Foto vor sich, darauf eine schlecht beleuchtete Piazza voller Schneematsch, und sie, wie sie unter den Bögen sitzt, ins Nichts schaut und den gedämpften Schritten fremder Menschen lauscht.

Während die Welt allmählich zu zerbröckeln schien, dachte Alma, die Formel von TNT muss der Formel der Liebe ähnlich sein: Grenzen sprengend und gefährlich.

Dass es tatsächlich ein Abschied war, begriff sie, als am nächsten Tag das Telefon klingelte, und es nicht Bruno war. Sie spielte gerade an der Brosche herum, die er ihr geschenkt hatte, als sie sich stach. Doch sie weinte nicht wegen des Schmerzes, dort, im Halbdunkel der Buchhandlung, hinter den Regalen versteckt, vor denen sich ein paar Kunden bewegten.

In den folgenden sechs Monaten telefonierten sie nur ein paarmal. Er gratulierte ihr zum Geburtstag, sie wünschte ihm frohe Ostern, und manchmal gab es in besonders traurigen Momenten noch einen Anruf zwischendurch. Wenn sie auflegten, fühlten sie sich unbehaglich, weil sie sich so belanglose Dinge erzählt hatten. Zurück blieben die Worte, die sie sich eigentlich hätten sagen wollen, und die saßen nun in ihrem Hals fest und kratzten. Scham, Stolz und die Angst vor Leid sind ein viel besserer Maulkorb als das Leiden selbst.

Als Alma feststellen musste, dass ihr gerade irgendetwas entglitt – ihre Leichtigkeit, mit der sie sonst ihr Leben meisterte –, beschloss sie, die sommerliche Schließzeit dafür zu nutzen, um den Jakobsweg zu gehen. Da sie hin- und hergerissen war zwischen dem Vorsatz, Bruno zu vergessen, und ihrem inneren Wunsch, ihm nah zu sein, wollte sie nun auf seinen Spuren wandeln und auf diese Weise Linderung finden. Sie erzählte Monica von ihrem Plan; sie war die Einzige, die genaueren Einblick in die Beziehung hatte. Ihrer Freundin zufolge würde das nicht viel bringen – Reisen, um zu vergessen, sei zwar ein Schlüsselthema der Literatur, bringe im wahren Leben aber nichts.

Sie brach trotzdem auf. Eine Sache musste sie vorher aber noch tun, dem konnte sie nicht widerstehen: Sie schickte noch eine Nachricht an ihn, es sollte die letzte sein: *Ab morgen ist dein Geschenk gefragt – ich gehe den Jakobsweg.*

Am ersten Tag antwortete er nicht, und auch am zweiten nicht. Am dritten Tag antwortete er ebenfalls nicht, weil ihn Panik überfiel. Dann, am vierten Tag, rief er sie an. Den ganzen Vormittag über war ihr Handy ausgeschaltet; damit war klar, dass sie es zu Hause gelassen hatte.

Am fünften Tag konnte er keinen vernünftigen Gedanken mehr fassen, und in einem Anfall unüberlegten Leichtsinns beschloss er, ebenfalls aufzubrechen. Er würde auf denselben Wegen pilgern und das gleiche Ziel haben wie sie.

Als der Flug gebucht war, atmete er erleichtert auf und schwor sich selbst, sich während der gesamten Pilgerreise nicht mit zweifelnden Fragen zu quälen.

Jetzt war das Schicksal am Zug.

11

EIN MENSCH MIT DEINEM HERZEN

AUF DEM JAKOBSWEG

Ich mache den Jakobsweg jetzt schon zum sechsten Mal. Ich habe keine Frau, Kinder auch nicht, als Alleinstehender kann ich es mir also erlauben», sagt Abel, sein Stock knirscht auf dem Schotter.

Bruno hatte Almas zurückgelegte Strecke kurz überschlagen und als Einstieg seiner Reise einen Punkt gewählt, an dem es ihm am wahrscheinlichsten schien, sie zu treffen, doch begegnet ist er ihr noch nicht. Jetzt läuft er also neben dem alten Mann aus Deutschland her, der ihm aus seinem Pilgerleben erzählt. Abel und er haben ein ähnliches Tempo, und so treffen sie sich immer wieder bei einer kurzen Rast oder einer Pause, um zu essen. Denn der Jakobsweg entscheidet über viel mehr, als ein Neuankömmling sich vorstellen kann, ob einem das passt oder nicht, man muss sich darauf einstellen. Genau das erklärt Abel Bruno gerade, während sie sich durchs Dickicht kämpfen, das immer mal wieder den Blick auf atemberaubende Landschaften frei gibt.

«Jetzt könnte man denken, ich hätte immer ähnliche Dinge erlebt, aber dem ist nicht so», erklärt der Mann mit leicht rauer Stimme und seinem seltsam gerollten «R». «Es ist, als würde der Geist des Jakobswegs jedes Mal eine andere Perspektive für mich auswählen, denn er tut Folgendes: Er überbringt mir eine Botschaft, und zwar auf seine ganz eigene Art. Du musst sie nur richtig lesen. Aber wie? Setz einen Fuß vor den anderen, bis du mit dem Weg eins wirst. Wenn du nicht mehr von dem Stein unter deinen Schuhen oder von dem Grashalm, auf dem du pfeifst, zu unterscheiden bist, dann bist du so weit und kannst es verstehen. Es ist, als würde man vor der Reise drei Geldstücke in die Luft werfen und bei der Rückkehr sehen, ob es Kopf oder Zahl geworden ist. Du kennst doch sicher das *I Ging*, oder? Es ist chinesisch und bedeutet *Buch der Wandlungen.*»

«Ich habe schon davon gehört, weiß aber nicht viel darüber», antwortet Bruno und denkt, in seinem Fall gibt es nur eine Botschaft, die ihn glücklich machen würde: Der Jakobsweg muss einfach nur dafür sorgen, dass er jemandem begegnet.

Sie erreichen eine Lichtung, ringsum stehen Farn und Eichen, die Luft ist warm, wie es sich für einen echten Julinachmittag gehört. Auf einer kleinen Steinbrücke halten sie und hängen ihre Füße, die viel zu lange in engen Schuhen stecken mussten, in einen kühlen Bach. Es braucht so wenig, um sich gut zu fühlen: eine Waldlichtung, nackte Füße in kühlem Wasser – das könnten wir eigentlich von Kindern lernen.

«Jeder Ort, jede Begegnung will uns etwas sagen», fährt Abel fort und lässt seine vom Alter gezeichneten, aber kräftigen Beine baumeln. «Auch der Ort hier – wer weiß, wie viel Energie er gesammelt hat, um uns genau jetzt, genau auf diese Art, in genau diesem Licht zu empfangen. Das ist uns gar nicht bewusst. Keiner bringt es uns bei, kein Lehrer, niemand. Ich habe es auf meinen langen Reisen gelernt, wenn ich allein bin und über die Erde streiche, über diesen Weg, der von oben betrachtet nur eine weitere Falte auf der Haut unserer Erdkugel ist. Vielleicht sind ja die Gedanken, die ich jetzt zufällig mit dir teile, eine Botschaft, die ich dir überbringe, weil sie für dich bestimmt ist. Vielleicht hat mein Leben mich hierhergeführt, um dir das zu sagen, genau in diesem Moment. Vielleicht sollte ich die Geschichte, die du mir erzählt hast, erfahren, von der Liebe zu dieser Frau, der du jetzt nachreist. Da fällt mir wieder ein, wie es bei mir war, als ich jung war und das Leben noch vor mir hatte – das ist Balsam für meine alte Seele ...»

Bruno hört dem Mann gerne zu, der so anders ist als er. Er hat den Eindruck, als würde diese Weisheit, die von so weither kommt, seinen Pragmatismus ein wenig ausgleichen. Auf jeden Fall sprechen sie die gleiche, einfache Sprache und haben sich auf Anhieb bestens verstanden.

«Bruno, lass dich nicht in die Irre führen, wenn dir jemand erzählt, dass nur das existiert, was du siehst. Es sind die Schatten, die im Halbdunkel des Abends dem Traum vorausgehen, sie täuschen dich nicht.»

Bruno hört ihm aufmerksam zu, während er mit seiner Hand über das Wasser streicht.

«Glaub ja nicht, die Wahrheit wäre das, was du jetzt siehst. Die Wahrheit siehst du erst später, wenn du genügend Demut gezeigt hast und dir klarwird, dass du rein gar nichts weißt. Du kannst zwar den Zeitpunkt der Saat bestimmen, nicht aber den der Ernte. Das ist es, was der Jakobsweg dich lehrt, Bruno. Zumindest hat er mir dieses Wissen anvertraut, und ich teile es gern mit einem Menschen, der seine Vernunft in den Wind schießt und seinem Herzen folgt.»

Abel lacht sein typisches Lachen, das in seinem Bauch beginnt, sich dann den Weg zu den hellen Augen bahnt und sich dort entlädt. Als Bruno ihm eine Hand entgegenstreckt, um ihm aufzuhelfen, fällt ihm ein Füller auf, der halb in der Erde vergraben liegt. Er hebt ihn auf, vielleicht kann er ihn ja noch gebrauchen, denkt er sich, auf jeden Fall wird er ihn aufbewahren als Andenken an diesen intensiven Moment.

Dann machen sie sich wieder auf den Weg. Sie fühlen sich wohl beieinander, wie alte Freunde. Bruno denkt noch einmal über die Worte des Mannes nach, der da neben ihm läuft, und ahnt, dass es wohl noch etwas dauern wird, bis er sie auch wirklich begriffen hat.

Beim nächsten Dorf, das sie erreichen, verabschieden sie sich. Abel ist erschöpft und wird in Rabanal del Camino übernachten, während Bruno seinen Weg fortsetzt, denn seiner Rechnung zufolge muss er sich beeilen, um Alma einzuholen.

«Ein Letztes noch, falls wir uns nicht mehr sehen sollten: Glaube nicht an die Phantasien eines Alten, glaub an das, was hier drinnen ist», sagt er und schlägt ihm dabei auf die Brust. «Und was den Jakobsweg angeht, so habe ich eins gelernt: Du weißt so lange nicht, warum du ihn gegangen bist, bis du am Ziel bist.»

Sie umarmen sich in der festen Überzeugung, sich wiederzusehen – vielleicht hoffen sie es auch nur. Wüsste man jedes Mal, wenn man sich von jemandem verabschiedet, dass man ihn nie wiedersieht, oder wenn man einen Ort verlässt, dass man nie wieder dorthin zurückkehrt, wäre das Leben eine lange Litanei von Seufzern.

Am Abend, kurz vor Anbruch der Dunkelheit, hört Bruno aus dem Garten der Pension den Klang einer Trompete. Er steht auf und sieht einen großen, dünnen Mann unter einer Kiefer sitzen. Beim Lauschen dieser ruhigen Musik wird ihm ganz schwer ums Herz, und er denkt an einen Abend vor Monaten, vor der Kirche San Petronio, wie sie auf der Treppe unter den Bögen saßen, und er denkt an das, was vom Schnee noch übrig bleibt, wenn es reingeregnet hat – nichts.

Im selben Moment packen Alma und Frida in einer Herberge in Rabanal ihre wenigen Sachen aus. Das Örtchen mit den Häusern aus Naturstein und den Holzbalkonen davor gefällt den beiden so gut, dass sie ein paar Tage hierbleiben und ihn wie echte Touristen genießen wollen. Es macht Spaß, sich Namen für die kleinen, stillen Gassen auszudenken oder innezuhalten, um dem Klang einer vorbeifahrenden Kutsche oder eines Kinderlachens zu lauschen. Sie beschließen, noch einmal durch die kleinen Straßen zu schlendern, so angetan sind sie von dem Dorf und seiner friedlichen Stille. Sie halten an einem Brunnen, die Luft ist jetzt kühl, und die Straßenlaternen werfen irre Schattengebilde auf den Boden. Alma fängt mit ihren hohlen Händen Wasser auf und trinkt.

«Bist du aufgeregt? Der große Tag naht ...», fragt sie Frida, die sich auf eine Bank gesetzt hat.

«Ich weiß es nicht, ich weiß überhaupt nichts mehr. Ich möchte keine Erwartungen mehr haben, aber je mehr ich mich bemühe, keine zu haben, umso mehr verbeiße ich mich und stelle mir ständig dieses Treffen vor. Ich dachte, ich wüsste, wie der Verstand funktioniert, aber das stimmt nicht. In Wahrheit habe ich überhaupt nichts begriffen. Die vielen Stunden, die ich damit verbracht habe, Menschen zuzuhören, zu verstehen, zu interpretieren waren reine Zeitverschwendung, wie wenn jemand eimerweise Wasser wegkippt, weil er nicht in der Lage ist, eine Dürreperiode vorauszusehen. Anstatt bei Manuel zu sein, ihm bis ans Ende der Welt zu folgen, blieb ich bei meinen Überzeugungen, sagte Dinge, die keinem etwas brachten außer meiner eigenen Überheblichkeit.»

«Sag so was nicht, es war schließlich dein Job.»

«Ein Job, den ich anscheinend nie richtig beherrscht habe, wenn ich in all den Fachbüchern, die ich gelesen, oder all den Theorien, die ich gelernt habe, nichts finde, das mir helfen könnte, diese Leere zu füllen. Freud, Jung, Adler – sie suchen mich in meinen Träumen auf, um mich zu verhöhnen. Sie sagen: ‹Du hast's geglaubt.› Sie sagen: ‹Versuch doch mal, das zu interpretieren, wenn du's kannst.›»

«Gib dir doch etwas mehr Zeit, Frida. Du bist viel zu hart zu dir.»

«Zeit ... sie ist grausam, die Zeit! Und unfair! Ich wüsste nicht, was sonst noch eine solche Macht hätte, kein Krieg, keine Liebe hat eine solche Macht. Der Zeit sind wir komplett ausgeliefert. Vor ein paar Monaten hatte ich sie noch vor mir, voller Ungewissheit zwar, aber pulsierend und lebendig. Jetzt liegt alles hinter mir, in meinen Erinnerungen. Die Zeit wirft mich völlig aus der Bahn, sie will mich am Boden sehen.»

Monotone, rhythmische Tropfen fallen in den Brunnen und unterstreichen die Stille, die nun herrscht. Von den Gipfeln der Berge bricht die Nacht herein, der Himmel färbt sich dunkel, und Alma geht zu Frida und legt ihr einen Arm um die Schulter. In so einem Moment gibt es keine Worte, die helfen könnten, ein tröstendes Licht anzuzünden.

Sie gehen zurück zur *albergue*, das Abendessen hat längst begonnen. Alma sieht einen Riss, der sich durch das Herz ihrer Freundin zieht, genau da, wo bei ihrem nur ein Kratzer ist. Sie denkt, manchmal bluten verschiedene Wunden auch gemeinsam.

~ ~ ~

Ich schreibe mit Fridas Kugelschreiber. Eben merke ich, dass ich meinen Füller irgendwo verloren haben muss. Frida döste vor sich hin, und ich nutzte die Zeit und machte ein paar Notizen zur Reise.

Der Tag heute war nicht ganz einfach. Frida war sehr traurig, vielleicht fängt sie auch einfach nur an, sich zu öffnen und alles rauszulassen. Manchmal sehe ich ihre Seele an einem dünnen Faden hängen, und jedes Mal, wenn sie tief durchatmen möchte, droht er zu reißen.

Aber ich glaube, beim Abendessen konnte sie für kurze Zeit ihren Schmerz vergessen, zumindest hat sie ihn beiseitegelegt, an einen entfernteren Ort. In dem Raum gab es nicht ausreichend Plätze für uns alle, und so mussten wir enger zusammenrücken. Zu uns gesellten sich die beiden orientalischen Mädchen, die wir schon aus der Oasis de la Concha *kannten, und ein betagter Mann, Abel, der ursprünglich aus Deutschland kommt, aber schon seit vielen Jahren in den Dolomiten lebt. Mit ihm haben wir uns noch lange unterhalten, bis gerade eben.*

Dieser exzentrische Mann konnte Frida beeindrucken, als er vom I Ging *sprach. Ich weiß wenig oder gar nichts darüber, außer dem, was man in Frauenzeitschriften beim Friseur so liest. Aber weil ich von Natur aus neugierig bin, habe ich meine Frage gestellt – die eine! – und sechsmal hintereinander drei Münzen in die Luft geworfen.*

Abel hat sich jeweils das Ergebnis gemerkt und nach dem sechsten Wurf gesagt: «Durchbeißen ...»

Als er mein verdutztes Gesicht sah, erklärte er mir, dass

es sich dabei um ein Glücksorakel handele: So wie die Kraft der Zähne Materie in Nahrung verwandeln könne, so könne ein Mensch auch durch die Kraft der Entschlossenheit ein anvisiertes Ziel erreichen.

Da ich gefragt hatte, ob ich jemals in der Lage sein werde, Bruno zu vergessen, weiß ich jetzt nicht, wie ich das Ergebnis interpretieren soll. Vielleicht ist es aber auch ganz einfach: Ich muss es durchziehen! Aber nicht jeder ist gut im Vergessen, meine Talente scheinen anderswo zu liegen. Je mehr ich mich darauf konzentriere, gewisse Dinge hinter mir zu lassen, umso mehr kleben die Erinnerungen an mir wie lästige Mücken an einem Fliegenfänger. Frida wollte dem Glücksorakel keine Fragen stellen, sie sagt, alles, was sie interessiert, gehört der Vergangenheit an, und I Ging *ist die Wissenschaft der Veränderung. Aber an Veränderung, so meint sie, hat sie kein Interesse mehr.*

Bemerkenswert fand ich das, was dann kam. Als ich Abel erzählte, dass ich den Jakobsweg vor allem deswegen gehe, um einen Mann zu vergessen, machte er ein nachdenkliches Gesicht, hob eine Augenbraue und starrte auf einen Punkt in der Ferne, wie jemand, der gerade zwei Dinge in seinem Kopf logisch miteinander verknüpft (das habe ich von Frida gelernt).

«Seltsam», meinte er. «Vor ein paar Stunden habe ich mit einem Italiener geredet, der den Jakobsweg geht, um die Frau, die er liebt, zu suchen. Schade, dass er weiterwollte, sonst hättet ihr euch austauschen können. Ich hätte euch gerne zugehört, denn in meinem Alter ist es eine wahre Freude, wenn junge Leute von der Liebe sprechen.» Irgendwie hat mich das gleich fröhlicher gestimmt, denn es ist gut

zu wissen, dass es auf der Welt Menschen gibt, die so etwas Verrücktes tun, aber dann wurde ich richtig melancholisch, es ist schwer zu erklären. Frida könnte das viel besser mit ihren magischen Worten. Das Gefühl ähnelt dem, wenn man morgens aus einem wundervollen Traum aufwacht und einem klarwird, dass das Leben längst nicht so wundervoll ist und dass es nichts mit dem Traum gemein hat. Genau so fühlte ich mich. Deshalb wechselte ich das Thema, dann verabschiedete ich mich und ging ins Bett. Aber noch immer geistern diese zwei in meinem Kopf herum: Ob sie seine Gefühle erwidern wird, was wird sie wohl für ein Gesicht machen, wenn sie ihn erblickt?

Ich stelle mir vor, was für ein Gesicht ich machen würde, wenn ich stolpern und beim Heben meines Kopfes dich erblicken würde – wenn du leibhaftig vor mir stehen würdest, nicht so, wie jetzt, nur in meiner Phantasie. Vielleicht in einem Wald, vielleicht würde ich dann denken, dass ich es mit meinem Kopfkino etwas übertrieben habe, wenn deine Gestalt plötzlich zwischen den Kastanienblättern auftaucht. Oder am Rand einer Wiese, neben einer Straße, und du sitzt dort auf einem Stein und bist wie eine Fata Morgana, die jemand in der Wüste sieht, der zu lange, zu erschöpft und mit zu großem Durst gelaufen ist. Wäre es nachts, dann würde ich auf deine Schultern klettern wie früher bei meinem Vater, um den Himmel zu berühren, wobei ich diesmal keine Hilfe bräuchte, um die Sterne vom Himmel zu holen.

Es heißt, wenn man sich etwas ganz stark und lange genug wünscht, tritt es auch ein. Wenn dem so wäre, dann wärst du längst hier irgendwo in der Nähe, nur ein paar Schritte von mir entfernt.

Aber was ergibt es für einen Sinn, weiter zu phantasieren. Der Mann auf der Suche nach der Frau bist nicht du, und die gesuchte Frau bin nicht ich. Allein dieser Satz erstickt meinen Enthusiasmus im Keim, und mit schwerem Herzen und eingezogenen Segeln kehre ich heim von meiner Fahrt über die Ozeane.

Noch immer gelingt es mir nicht, dich loszulassen, so wie der alte Mann bei Hemingway partout seinen riesigen Fisch nicht verlieren will und von ihm übers ganze Meer gezogen wird. Du bist hier, auch wenn ich aus dem Boot steige und das Salz auf der Haut beim Trocknen eine Landkarte mit fiktiven Ländern zeichnet.

Heute Nacht spült die Flut wieder eine Angst an Land, von der ich hoffte, sie überwunden zu haben: dass meine Segel nicht stark genug sind, um allein zu segeln.

Morgen werde ich das Eisenkreuz Cruz de Ferro *erreichen. Unter Pilgern ist es Brauch, dort einen Stein abzulegen, der eine Sünde oder eine Seelenlast symbolisiert. Ich habe keinen Stein dabei, werde aber ein Schwarz-Weiß-Bild dort lassen. Eine Nacht in Bologna ist darauf zu sehen. Ich sitze auf einer Treppe und umschlinge eng meine Knie, du hast mir den Rücken zugewandt und wirst mit jedem Schritt kleiner.*

Alfonso Gatto schreibt: «Es genügte mir schon, du wärst noch am Leben. Ein Mensch mit deinem Herzen – ein Traum!»

Ich dagegen bin weniger genügsam: Es reicht mir nicht, dass du am Leben bist, du sollst auch bei mir sein.

~ ~ ~

12

DURCH DIE STRASSEN VON LISSABON

OKTOBER, ACHT MONATE ZUVOR

Zur Siesta ähnelt der Stadtteil Alfama einer leeren Bühne nach der Generalprobe. Das Licht eines strahlenden Oktobertages ergoss sich in die Straßen aus glatten Pflastersteinen und auf die von Palmen beschatteten Plätze, während Frida in einem halb leeren Café ihr Glas Rotwein austrank und den letzten Happen ihres *bacalhau* aß. Im Radio wurde ein Fado gespielt, nicht weit entfernt war eine Straßenbahn zu hören, die eine Steigung hochratterte. Alles schien wie erstarrt im grellen Licht dieses frühen Nachmittags, das durch das Weiß der Häuser und das Glitzern des Tejo noch verstärkt wurde, sodass die Augen zwangsläufig zu schmalen Schlitzen wurden.

In den Straßen roch es nach frittiertem Fisch, und die Frauen, die eben noch Sardinen gegrillt hatten, zogen jetzt Kinder mit Bällen unterm Arm hinter sich her und Türen hinter sich zu. Unsichtbare Hände hatten durch das Schließen der Vorhänge die Wäsche verschwinden lassen, die vor den Fenstern der schiefergedeckten Häuser aufgehängt war.

Frida hatte eben einen Kaffee bestellt, als sie eine knochige Hand erblickte, die sich ihr entgegenstreckte. «Sie müssen Manuel Roeros Frau sein. Firmino Duarte, angenehm.»

Überrascht erhob Frida sich, obwohl sie ja auf ihn gewartet hatte. Das passierte ihr in letzter Zeit öfter, dass sie einen Moment lang nicht wusste, wo sie gerade war und warum sie dort war.

Nachdem sie einen Tag lang versucht hatte, über die Universität von Lissabon seine Telefonnummer herauszubekommen, war sie schließlich erfolgreich gewesen und hatte den Professor angerufen. Sie musste gar keine langen Erklärungen abgeben – er erinnerte sich sehr gut an den Manuel, der bei ihm seine Abschlussarbeit geschrieben hatte. Aus der Zeitung hatte er von dessen Tod erfahren und war gerne bereit, sich mit der Witwe zu treffen, um alte Erinnerungen an seinen Studenten aufleben zu lassen.

«Ich hätte Sie gerne unter anderen Umständen kennengelernt, Signora Roero.» Trotz seines fortgeschrittenen Alters hatte er eine kräftige, feste Stimme, schließlich hatte er über Jahre am Rednerpult gestanden. Sein Haar war weiß, die Augen waren blau, und obwohl sein Rücken gekrümmt war wie ein Ast unter der Last von Schnee, gab er eine imposante Erscheinung ab.

Mit einiger Mühe nahm er Platz und bestellte ein Glas Portwein. «Verbote müssen auch mal umgangen werden, wenn sich die Gelegenheit dazu bietet. Mein Sohn ist ein regelrechter Wachhund – er hält mich für alt, wissen Sie!», meinte er lachend.

«Mein Mann hat mir viel von Ihnen erzählt», begann Frida, nachdem der Kellner das Glas auf dem Tisch abgestellt hatte. «Sie waren sein großes Vorbild. Deshalb war es mir auch so wichtig, Sie kennenzulernen.»

«Nein, Signora, ich bitte Sie, ich möchte kein Vorbild sein, die Verantwortung ist mir zu groß. Wir hatten einfach nur ein gutes Verhältnis. Nach seiner Studienzeit schrieben wir uns ein paar Jahre lang Briefe, als er schon in Italien lebte. Er war ein Mensch, der aus der Reihe tanzte, um es mal so zu sagen. Ich war damals Dozent für Epidemiologie. Zahlen, Statistiken, Prozentzahlen – ein ziemlich trockener Stoff. Ein Patient wird nicht als Mensch gesehen, sondern als klinischer Fall. Tote Menschen sind nur Kurven in einer Graphik über die Sterberate. Und die Überlebenschance ist dort ein unpersönlicher Faktor. Nicht für Manuel! Er sah die Gesichter hinter dieser abstrakten Überlebensmathematik. Mir fiel das vor allem im Zusammenhang mit seiner Diplomarbeit auf, wenn ich mich nicht täusche, ging es darin um die Ebolafieber-Epidemie im Sudan der siebziger Jahre. Es genügte ihm nicht, über die Morphologie des Virus und dessen Übertragungsmodell zu forschen – er wollte genau wissen, wie sich jemand fühlt, der an dem Virus erkrankt ist, und wie man die Symptome lindern könnte. Das ist keineswegs selbstverständlich, denn längst nicht alle Ärzte behandeln Patienten wie einen Menschen, sondern wie einen Kranken, sie haben dabei nur die Theorie im Blick.

Schon bald hatte er zusammen mit anderen Studenten etwas organisiert, um Medikamente nach Zentralafrika zu schaffen. Manuel war ein Mann der vordersten Linie, einer für die Barrikade, Gebiete hinter der Front waren nichts für ihn. Sein Studium schloss er etwas später ab als vorgesehen, aber glauben Sie mir, Signora Roero, ich hätte der Welt keinen besseren Arzt empfehlen können! Er war zwar chaotisch und kam immer zu spät, aber er hatte ein offenes Ohr für Menschen, mit denen er zu tun hatte, er verstand ihre Sorgen und Bedürfnisse.»

Frida lächelte kurz, dann sah sie den Professor wieder direkt an. «Ich bin auch stolz auf ihn, auf ihn als Arzt und als Mensch. Gleichzeitig werde ich den Gedanken nicht los, dass er mich hier allein zurückgelassen hat, um seinen Idealen zu folgen. Und in dem Schmerz, den ich verspüre, steckt auch eine Menge Wut, gegen die ich machtlos bin. Ich habe auch studiert, um Menschen zu helfen, und weiß, was es bedeutet, diesen Weg einzuschlagen. Aber er hatte sich ja schließlich auch für mich entschieden.»

Firmino Duarte fasste sich an die Stirn, versuchte, seine Worte genau abzuwägen, dann blickte er auf sein Glas Portwein, das er zitternd hielt, und erwiderte: «Da fällt mir etwas ein, das tief in meiner Erinnerung vergraben lag, aber jetzt ist es wieder da. Wir waren im Café *A Brasileira*, ich und Ihr Mann, nach der Uni waren wir oft dort. Anscheinend war es ein Stammlokal von Pessoa, er ging zum Schreiben dorthin. Manuel liebte Pessoa, er sagte immer: ‹Wäre ich nicht Arzt geworden, dann wäre ich jetzt ein Dichter.›»

«Ja, das hat er zu mir auch gesagt», meinte Frida lächelnd.

«Damals hatte er jedenfalls ein paar Kapitel seiner Doktorarbeit zur Durchsicht mitgebracht, er war gerade von einem seiner humanitären Einsätze zurückgekommen. Einige Wochen war er weg gewesen, er sah erschöpft aus und war ziemlich abgemagert, hatte aber noch immer dieses spezielle Strahlen, wie ein Fieber, das seine Augen zum Leuchten brachte. Er erzählte mir von einer Frau, die sich auf eine Art um ihren schwerkranken Mann gekümmert hatte, was ihn sehr beeindruckt hatte. Sie hatte keine Angst vor Ansteckung, vielleicht dachte sie, lieber sterbe ich mit ihm, als ohne ihn zu leben. Den ganzen Tag saß sie an seinem Bett und fütterte ihn mit dem bisschen, was ging, nachts wischte sie ihm den Schweiß von der Stirn. Als Manuel davon erzählte, schien er sich voll und ganz in den Mann hineinzuversetzen, als würde er die Dankbarkeit spüren, die dieser empfunden haben musste.

Ich fragte ihn, wie sich sein Job mit einer Frau oder einer Familie vertragen sollte. Er schwieg, dachte lange nach, als hätte er sich darüber noch nie Gedanken gemacht und als wäre die Antwort von höchster Wichtigkeit. Schließlich sagte er: ‹Die Liebe kann ich mir nicht leisten.›»

Der Professor trank einen Schluck und fuhr mit etwas sanfterer Stimme fort: «Sie müssen sein Leben ganz schön durcheinandergebracht haben, damit dieser Dickkopf seine Einstellung geändert hat.»

«Das kann schon sein, aber vor dem Tod konnte ich ihn deswegen auch nicht retten.»

«Was erwarten Sie denn, Signora, keiner kann irgendjemanden retten. Wir sind Ärzte, und wir wissen, ein Körper ist auch nur ein Körper, er ist nicht unbesiegbar. Aber Manuel ist wenigstens für etwas gestorben. Die meisten von uns sterben wegen nichts, und trotzdem sterben sie.»

Frida wandte ihren Blick ab und murmelte: «Ja, und ich muss es alleine tun.»

«Hören Sie, Frida», begann der Professor vorsichtig, «haben Sie jemals versucht, Ihren Mann umzustimmen, ihn von einem Auslandseinsatz abzuhalten? Haben Sie ihn je gebeten, mit seinen Reisen aufzuhören und eine Praxis im Zentrum zu eröffnen?»

«Nein, nie. Und das bereue ich jetzt.»

«Aber wissen Sie auch, warum Sie es nicht gemacht haben?», fuhr er fort und überging dabei Fridas letzten Satz. «Weil Sie wussten, dass er es getan hätte. Er hätte alles aufgegeben, und ab diesem Moment hätten Sie einen anderen Mann lieben müssen.»

Nachdem sie sich verabschiedet hatten und Firmino Duarte zur Tram-Haltestelle ging, blieb Frida noch lange sitzen und beobachtete das Leben, das um sie herum tobte, schreiende Kinder, besorgte Mütter, ruckelnde Straßenbahnen. Als sie sah, wie mühsam sich der alte Professor auf seinen wackeligen Beinen vorwärtsbewegte, dachte sie, viel gerechter wäre es gewesen, wenn es ihn, und nicht ihren Mann, getroffen hätte, doch gleich darauf schämte sie sich für ihre Gedanken. Da übt man jahrelang, keine ungerechten Urteile zu fällen – alles für die Katz …

Sie trank ihren Wein aus und beschloss, einen Spaziergang zu machen, auch wenn sich der Himmel zugezogen hatte und ein unheilvoller Wind aufgekommen war. Während sie ziellos umherlief, fiel ihr ein, dass Manuel ihr einmal von einem faszinierenden Ort erzählt hatte. Bei einem Zeitungskiosk besorgte sie sich einen Stadtplan und suchte ihn im Inhaltsverzeichnis. Danach folgte sie einem Labyrinth aus engen Gassen, kam an der imposanten Kirche Sé Patriarcal vorbei und erreichte schließlich die Praça do Comercio, einen dermaßen riesigen Platz, dass man sich ganz verloren vorkam. Dort wartete sie auf die 15er-Tram, und eine halbe Stunde später stand sie vor dem Torre de Belém. Der Himmel wurde noch finsterer, nur wenige Leute waren unterwegs. Die letzten Sonnenstrahlen bahnten sich ihren Weg durch die dichten Wolken und spiegelten sich flammend im Tejo.

Frida wählte einen Platz, von dem sie einen guten Blick auf das Bauwerk hatte, und legte sich einen Pullover um die Schultern. Sie erinnerte sich genau an den Moment, als Manuel ihr von dem Ort erzählt hatte. Sie waren zu Hause in der Küche gewesen, sie hatte gerade die Soße für die Pasta gekocht, während Manuel das Brot aufschnitt. Sie hatten sich über die geplante Portugalreise unterhalten, die sie über Weihnachten machen wollten, doch sie war etwas abgelenkt gewesen, auch durch den laufenden Fernseher im Hintergrund.

«Und den Turm von Belém werde ich dir auch zeigen», hatte er gesagt. «Wenn wir kurz vor Sonnenuntergang hingehen, wirst du so von den Socken sein, dass ich dich gar nicht mehr wegkriege - wollen wir wetten? Mir ging es nämlich ähnlich, als ich das erste Mal dort war. Wenn man bedenkt, dass er mitten auf dem Fluss zur Verteidigung erbaut wurde, muss man zugeben, dass selbst so bescheuerte Dinge wie Grenzen und Mauern auch Schönes hervorbringen können. Wir werden auf die letzten Strahlen der Abendsonne warten, dann die Wendeltreppe bis ganz nach oben steigen und völlig außer Atem die Erde unter uns sehen. Wie einst die großen Seefahrer, die immer für ihre Rückkehr beteten, wenn sie in See stachen.»

Einige Monate waren verstrichen, in der Zwischenzeit war er erneut ins Ausland aufgebrochen. Vielleicht hatte er gebetet wiederzukehren. Vergebens. Die Zeit verging, doch in ihrem Fall war sie nicht an einem Kalender abzulesen, sondern an den neu hinzugekommenen Falten in ihrem Gesicht und den grauen Strähnen im Haar.

Wer weiß, wann Manuel das erste Mal auf dem Turm von Belém gewesen war, und mit wem. Gut möglich, dass in dem Moment das Nudelwasser zu kochen begonnen und sie nicht weiter nachgefragt hatte. Vielleicht hatte er es ihr auch erzählt, aber sie war abgelenkt gewesen und hatte nicht zugehört. Jetzt war es zu spät. Was sie damals nicht gefragt hatte, würde sie nicht mehr erfahren.

Frida wurde kurz schwindelig, sie zog ihren Pullover enger um ihre Schultern. Sie war umgeben von ein paar Touristen, so manchem herumstreunenden Hund, Möwen und dem Duft des Meeres. Würde es im Leben gerecht zugehen, wären sie und ihr Mann jetzt zusammen hier, mit einem Fotoapparat um den Hals, um den Turm zu verewigen, umgeben von Möwen und herumstreunenden Hunden. Sie würden ganz nach oben steigen, in alle Richtungen blicken, den Himmel anlachen und so den Regen beschwören, er möge doch bleiben, wo er war. Nun aber saß sie da, ohne Schirm, abwesend, nur mit einem Haufen Erinnerungen als Gesellschaft.

Sie hätte die Wendeltreppe ja auch allein hochsteigen und sich vorstellen können, wie Manuel sich über die Brüstung beugt und mit seinen Augen den Horizont abtastet auf der Suche nach früheren Routen der Karavellen. Aber sie bezweifelte, dass sie der Anstrengung und dem Schmerz gewachsen wäre, und verwarf den Gedanken. Außerdem, so dachte sie, war da oben an der Brüstung sowieso keine Menschenseele, und die portugiesischen Seefahrer hätten sicher das Nachsehen.

Zwei Tage später saß Frida neben Tiago Vasque im Auto, einem Chirurgen bei den *Ärzten ohne Grenzen* und seit dem Studium Manuels Freund. Er war auch auf der Beerdigung und keineswegs überrascht gewesen, als Frida ihn um ein Treffen gebeten hatte.

Wenige Tage vor der Verabredung hatte er sie zurückgerufen und ihr vorgeschlagen, zu einem Ort zu fahren, den er ihr gerne zeigen wolle – mehr hatte er nicht gesagt. «Wenn es mit meinem Mann zu tun hat, gerne», hatte sie geantwortet. Während der Fahrt erzählte Tiago etwas über ihre gemeinsame Studentenzeit.

«Es waren Zeiten, in denen die Dinge klar und eindeutig waren, alles war fest umrissen», begann er. «Wir wussten, wo das Böse war und wie man es bekämpfen konnte, man musste es von unten angehen, von dort kam es nämlich, direkt an der Wurzel ansetzen, bis die ersten Blätter gelb wurden. Das Böse saß im Machtapparat, in der Kluft zwischen Arm und Reich. Für uns Medizinstudenten, Idealisten durch und durch, waren nicht die Krankheiten das Böse – diese sind nämlich demokratisch –, nein, das Böse war die Ungleichheit zwischen denen, die eine Behandlung bezahlen konnten, und denen, die noch nicht einmal mehr die Kraft hatten, ihre Hände auszustrecken. So war das in Afrika, genau das fanden wir auf unseren Reisen vor, auf denen es viel Licht und kaum Schlaf gab. In den Nächten, die wir wach in improvisierten Unterkünften verbrachten, kamen wir zu dem Schluss, dass Ärzte und Apotheker die übelsten Dealer waren – sie dosierten Medikamente je nach Höhe des zugesteckten Geldes. Wir wollten anders sein und hoch hinaus in unseren Träumen. Unsere Köpfe waren voller Überzeugungen, weltfremder Phantasien und Ideen, aber sie waren alle nicht zu gebrauchen. Und Manuel übertrieb es wohl am meisten mit seinen Phantastereien. Er träumte so extrem, dass es ihm schlechtging, denn in seinen Träumen erkrankte er an all dem Bösen, das er nicht heilen konnte.

Er hatte seine dunklen Seiten, Frida, du hast sie sicher auch gesehen, wenn du nicht blind vor Liebe warst. Ich erinnere mich besonders an ein Vorkommnis, es hat sich mir regelrecht eingebrannt. Wir waren gerade aus dem Senegal zurück, wo wir mit einer Freiwilligenorganisation gewesen waren, unser Studium hatten wir noch nicht abgeschlossen. Wir waren also mehr Krankenpfleger als Ärzte in einem provisorischen Krankenhaus mitten in der Einöde und wechselten uns mit den Schichten ab, wobei Manuel eigentlich immer durcharbeitete. Er nahm ein Mittel, um wach zu bleiben. Gesund war das bestimmt nicht, er übertrieb es so sehr, dass er einen Zusammenbruch riskierte. Ich sah, wie er seine Fingerknöchel malträtierte, um nicht einzuschlafen.» Frida nickte nachdenklich, den Anblick kannte sie nur allzu gut.

«Jedenfalls waren wir nach unserer Rückkehr an besagtem Abend in Lissabon unterwegs und wollten mit ein paar Freunden einen heben. Es gab irgendetwas zu feiern, einen Geburtstag oder ein Diplom, ich weiß es nicht mehr. Manuel hatte einige Gläser Rum gekippt, zuerst zum Anstoßen, dann gegen die Müdigkeit. Irgendwann gegen Morgen ist er dann auf einer schmalen Treppe umgekippt, ich glaube, es war in der Rua dos Correeiros, wir waren nur noch zu zweit. Er murmelte leise vor sich hin, erzählte von Dingen, die er im Senegal erlebt hatte, von einem Jungen, der ihm unter den Händen weggestorben war. Er weinte, dazu noch der Alkohol und die Müdigkeit. Was er gar nicht ertragen konnte, war Ungerechtigkeit, gegen die man machtlos war, und jeder weitere Auslandseinsatz bedeutete für ihn, noch mehr Salz in die Wunde zu streuen. Ich weiß nur noch, wie er immer wieder sagte, ‹wie soll ich das bloß schaffen?›, er war wie eine Litanei. Noch nie hatte ich ihn so hilflos gesehen, aber dadurch erfuhr ich in dieser Nacht Dinge über ihn, die ich sonst nie erfahren hätte. Ich sah die blutende Seele eines Menschen, auf dem das Gefühl der Machtlosigkeit schwer lastete.»

In Fridas Kopf hallten Tiagos Worte noch nach, als er den Wagen hielt und sie ausstiegen. Sie trug ein langes schwarzes Kleid aus leichtem Stoff und einen dünnen Schal über der Schulter; er stakste auf seinen langen Beinen vor ihr her und schob dabei Zweige, die in den schmalen Weg hingen, beiseite. Der Nachmittag ging bereits in den Abend über, aber es war einer jener Nachmittage, die der Sommer vergessen zu haben schien. Das Licht fiel schräg, durch die tief hängenden Äste der Olivenbäume und Korkeichen sorgte es für lange Schatten auf dem steilen Gelände.

Nachdem sie den Wald hinter sich gelassen hatten, bot sich ihrem Blick eine riesige freie Fläche voller großer, aufrecht stehender Steinblöcke, die ein Oval bildeten.

«Wo sind wir?», wollte Frida wissen und hob ihr Kleid etwas hoch, um nicht zu stolpern.

«Das ist der Steinkreis Cromlech von Almendres. Das ist einer von Manuels Lieblingsorten.» Kurzes Schweigen, dann korrigierte er sich: «War! Ich hatte ihm damals den Ort gezeigt, als er gerade erst nach Lissabon gezogen war.»

«Hat es ihm hier auf Anhieb gefallen?», fragte sie, kniff die Augen zusammen, um die scharf umrissenen Menhire im Gegenlicht besser sehen zu können.

«Gefallen ist gar kein Ausdruck! Seine Augen waren weit aufgerissen, du kennst das ja von ihm. Lange Zeit hatte er gar nichts gesagt, dann fing er an zu schreien: ‹Wir sind auf dem Mond!› Er tat so, als wäre er schwerelos. Und er lachte. Er umarmte mich und sagte: ‹Du hast mich ohne Raumschiff durchs Universum geführt, mein Freund.› Er war so angetan von diesem Fleckchen, dass wir noch öfter hierherkamen, auch nachts. Immer bei Vollmond, mit einer Taschenlampe, die wir dann ausknipsten, uns mitten ins Feld setzten und gegen einen der Steinblöcke lehnten. Wir stellten Mutmaßungen über deren Ursprung an und erfanden die irrsten Theorien. Uns gefiel der Gedanke, dass hier irgendwelche Rituale und andere obskure Dinge zelebriert wurden, vor einem Lagerfeuer und zu keltischen Tänzen. So stellten wir es uns wenigstens vor: schwarz gekleidete Frauen, die zu Trommelmusik um ein Feuer tanzten und die Schattenwesen anderer Welten oder Universen heraufbeschworen. Er sagte, hier könne er besser mit seiner Großmutter sprechen. Sie war ein paar Jahre zuvor gestorben, er hing sehr an ihr. Er sagte, wenn sie von da, wo sie jetzt sei, diesen skurrilen Ort sehe, werde sie auf jeden Fall in irgendeiner Form reagieren, vielleicht kurz vorbeischauen, um hallo zu sagen. Für einen Mann der Wissenschaft grenzte das fast schon an Blasphemie.»

Tiago setzte sich, spielte mit einem Zweig, während die Gestalten aus Stein lauter Bilder heraufbeschworen.

«Weißt du noch, wie es mit zwanzig war, Frida? Manchmal kommt es mir vor, als würden wir die ganze Zeit krampfhaft versuchen, uns wieder so zu fühlen wie damals, als es keine Grenzen gab und wir die abgedrehtesten Ideen im Kopf hatten. In uns war nur die unendliche Weite des Meeres, ohne Ufer, ohne Heimathafen, nur eine Startbahn zum Abheben. Weißt du noch?»

Frida versuchte eine Antwort zu finden – vergeblich. Es gab keine. Von der Zeit vor Manuel war nichts hängengeblieben. Ihr Gedächtnis war völlig von den Jahren mit ihm vereinnahmt, und sobald sie ein gemeinsames Erlebnis aus dem verstaubten Amphitheater der Vergangenheit auftauchen sah, wurde es herausgefischt. Das Davor und das Danach interessierten sie nicht. Die Erinnerungen nahmen sie komplett in Beschlag, und eine Verschnaufpause gönnte sie sich dabei nicht. Hätte sie sich anderen Dingen zugewandt, wäre Manuel für immer verschwunden, die Ewigkeit, der er längst versprochen war, hätte ihn verschlungen. Und sie hätte gezwungenermaßen wieder anfangen müssen zu leben. Sie stellte sich den Vollmond jener Nächte vor und das Profil ihres Mannes. Aber er war viel zu weit weg und viel zu blass, und sie dachte sich, es wäre besser, ihn so, wie sie ihn kannte in ihrem Herzen zu behalten.

Sie setzte sich ebenfalls, ohne etwas zu sagen. Tiago versuchte, mit einem Grashalm, den er zwischen seinen Fingern hielt, zu pfeifen, dann fuhr er fort: «Es gibt einen ganz bestimmten Grund, warum ich dich hierhergeführt habe: Hier haben Manuel und ich beschlossen, uns bei *Ärzte ohne Grenzen* zu bewerben. Wir hatten schon länger mit dem Gedanken gespielt, jeder aus anderen Gründen. Mit zwanzig tritt man gerne als Retter der Welt auf. Wir hatten ein paar Flaschen Bier dabei und überlegten, was wir nach unserer Facharztausbildung machen könnten. Wir standen kurz vor dem Abschluss. Wir stellten uns die Orte vor, die wir sehen würden, und wie wir anders werden könnten als die Ärzte aus den Lehrbüchern. Halb aus Witz, halb ernst schworen wir uns hier, dass wir *Ärzte ohne Grenzen* werden würden. Für uns nahm an diesem Ort alles seinen Anfang, und so kann man sagen, dass wir von hier in See stachen. Unser Ziel war nicht Amerika oder andere Wohlstandsgesellschaften, sondern Afrika und der Orient, die Enterbten des Erdballs ... Ich glaube, wenn Manuel die Zeit zurückdrehen könnte, würde er sich wieder genau diese Nacht und genau diesen Anfang wünschen.»

Frida riss ein Büschel Gras aus der Erde. «Und genau das ertrage ich nicht», sagte sie. «Er würde mich noch einmal allein lassen.»

Tiago sah sie an, während sich ein Schatten über ihr Gesicht legte. «Nein, er würde dich noch einmal hierherführen. Er hätte nie gedacht, dass er einmal eine Frau so sehr lieben könnte, wie er dich geliebt hat, doch er tat das auf die ihm einzig mögliche Weise: indem er dich bat, ihn mit anderen Menschen, die seine Hilfe brauchten, zu teilen. Ich glaube, niemand kann wirklich lieben, wenn er nicht seiner inneren Eingebung folgt.» Er drehte sich nach Westen und legte schützend seine Hand über die Augen. «Sprichst du nie mit ihm?», wollte er von ihr wissen.

«Warum sollte ich? Ich höre ihn doch sowieso die ganze Zeit, denn er ist hier drin.» Frida fasst sich an die Stirn, dann führte sie eine Hand zum Mund, am liebsten hätte sie in eine Handvoll Erde gebissen, stattdessen stand sie auf und sagte, ihr sei kalt, es werde langsam Zeit zurückzufahren.

Dann kam Fridas letzter Abend in Lissabon. Am nächsten Morgen würde sie in den Flieger steigen und zurück nach Turin reisen – um *was* genau zu tun, wusste sie selbst nicht.

Sie saß auf einem engen Sitz in der Straßenbahn und blickte auf das Viertel Baixa, das mit seinen vielen kleinen Nebenstraßen an ihr vorbeizog. Sie hatte keine Eile, auch kein konkretes Ziel, sie wollte einfach nur möglichst viele Winkel dieser Stadt abspeichern, um dort ihre Erinnerungen an Manuel zu hinterlegen.

Archivarin der Erinnerungen, dachte sie, genau, das werde ich ab sofort sein. Die Bezeichnung gefiel ihr, vielleicht war es aber auch einfach nur der Gedanke, dass die hermetische Leere, in die sie da gerade schlitterte, dadurch gefüllt war, dass sie ihr einen Namen gab. Eine Ehefrau war sie ja laut Definition nicht mehr, und der Begriff Witwe stieß sie regelrecht ab. Psychologin war auch nicht zutreffend, denn eine Berufsbezeichnung legt man nicht nur dann ab, wenn man die Tätigkeit nicht mehr ausübt, sondern vor allem, wenn man sich nicht mehr dazu berufen fühlt. Eine Frau war sie - aus der Sicht der Männer - auch nicht mehr, und sie war weder am Leben noch tot.

Im Geiste setzte sie alle Bilder, die sie von Manuel auf ihrer Reise gesammelt hatte, zusammen. Wie ein Schatzgräber ging sie dabei vor und holte sie aus den Tiefen der Erinnerungen anderer Menschen hervor. Aber das Puzzle hatte zu viele Teile, und immer blieb an irgendeiner Stelle eine unschöne Lücke, die das Gesamtbild störte. Sie sah diesen schmächtigen, lebhaften portugiesischen Arzt vor sich, der besessen vom Segeln war, ohne aufs Meer zu fahren. Sie sah ihn im Café *A Brasileira* sitzen, wie er mit der Statue von Fernando Pessoa über die Farbe der Ruhelosigkeit und die Bedeutsamkeit eines gereimten Verses diskutierte. Sie stellte sich ihn in der Dunkelheit vor, wie er mit seiner Berufung zu kämpfen hatte, ohnmächtig angesichts von Menschen, denen es im Grunde an allem fehlte. Sie hatte das Bild vor Augen, wie er im Schatten eines Menhirs saß und davon träumte, in See zu stechen, um vor seinem Schicksal, dem brennenden Fieber in seinem Inneren, das ihn verzehrte, zu fliehen.

Jemand drückte den Knopf für die nächste Haltestelle, gleichzeitig schreckte Frida auf und bemerkte, dass ihr Handy klingelte.

«Frida, ich bin's, Tiago», sagte die Stimme am anderen Ende der Leitung. «Entschuldige die Störung, aber du hast mich gestern doch gefragt, ob ich jemanden kenne, der Manuel sehr nahestand. Mir ist da jemand eingefallen, er lebt nicht gerade in der Nähe, ich weiß nicht, ob ...»

«Warte, ich schreibe mit», sagte sie und suchte nach ihrem Notizblock in der Tasche.

Als sie aufgelegt hatte, betrachtete sie das vollgekritzelte Blatt mit ihrer Schrift, die vom Ruckeln der Tram ganz krakelig war. Sie stieg aus, und während die Straßenlaternen angingen, und Lissabon sich für die Nacht zurechtmachte, wusste Frida, dass sie ein neues Ziel hatte.

Und ein Ziel zu haben, ist wichtig, gerade für eine Archivarin der Erinnerungen, dachte sie.

13

DIE WUNDEN, DIE ICH AN MEINEM KÖRPER TRAGE

AUF DEM JAKOBSWEG

Könnte ein außenstehender Beobachter von oben die Wege zweier Menschen sehen, die sich suchen, wäre er überrascht, wie oft sie sich beinah berühren, wie sie sich sogar kreuzen, ohne dass die beiden es wissen, wie sie sich nur um ein Haar verfehlen. Die einen nennen das Zufall, die anderen Vorsehung.

So ergeht es Bruno und Alma, die Galicien durchqueren – umgeben von grasenden Kühen und Schieferdächern – und sich immer knapp verfehlen, wegen einer Pause zu viel, eines schmerzenden Beins, das sie zwingt, langsamer zu gehen, oder wegen einer Unterhaltung mit einem anderen Pilger. Der Nebel, der morgens von den Wiesen aufsteigt, treibt seine Spielchen mit ihnen, er hüllt die Menschen ein, sodass sie bis auf wenige Meter Entfernung nicht zu erkennen sind.

Oft fragt Bruno, wenn er Leuten begegnet, ob sie sie gesehen haben, er beschreibt sie, nennt ihren Namen und sagt, woher sie kommt. Manche sagen,

«Vielleicht», andere, «Sie war ein Stück hinter uns», wieder andere, «Sie ging ein Stück vor uns». Eine junge Frau aus Florenz, die mit ihrem Mann unterwegs ist, sagt, sie ist sich sicher, dass sie eine Alma aus Bologna kennengelernt hat, aber das ist schon Tage her, sogar einige Tage, sie weiß aber nicht, wie viele, sie hat kein Zeitgefühl mehr. Ein Pärchen aus Turin sagt, sie haben sie in einer *albergue* getroffen, vor einer Woche. «Das könnte sie gewesen sein, auch wenn sie kurze Haare hatte, aber vielleicht war sie vor ihrer Reise noch beim Friseur.»

Sobald der Nebel sich lichtet, meint Bruno des Öfteren, eine Gestalt ausfindig zu machen, die ihm bekannt vorkommt, dann beschleunigt er seinen Schritt und hofft, in der Ferne das Profil einer Frau wiederzuerkennen, es könnte ja sie sein – vielleicht. Doch immer erliegt er einem Trugbild, zurück bleibt der bittere Nachgeschmack einer enttäuschten Erwartung.

An einem nicht allzu heißen Nachmittag erreicht er Palas de Rei. Die Straßen glänzen wie blank geputzt vom Regen, der ein paar Stunden zuvor fiel. Er sucht sich seinen Platz in der Herberge, sie hat großzügige Räume und ist erfüllt von pulsierendem Leben. Viel hat er nicht bei sich. Er wäscht seine getragenen Klamotten und hängt sie neben die anderen auf die Leine. Während er mit Wäscheklammern, T-Shirt und Socken beschäftigt ist, erzählt einer der *hospitaleros*, dass er als ehrenamtlicher Helfer hier arbeitet. Sie sind zu dritt und bleiben ein paar Wochen, um dem Herbergsvater bei der Zubereitung der Mahlzeiten zur Hand zu gehen und neu eintreffende Pilger zu empfangen. Es sind junge Kerle, wie die, die in seiner Gegend bei der Weinernte helfen. Sie haben eine Spendenbox aufgestellt, für die Pilger, die kein Geld für die Reise haben. Bruno denkt, wie viele Möglichkeiten es doch gibt, Gutes zu tun, man muss nur die Augen aufmachen.

Hinter der *albergue* ist ein kleiner Pool, dort sitzen drei Leute, die ihre Nasen in Bücher stecken, zwei weitere sonnen sich und haben nach der Anstrengung ihre Füße hochgelegt. Bruno setzt sich etwas abseits an einen Tisch unter einem Sonnenschirm und kippt den Inhalt einer kleinen Kiste, die er in seinem Rucksack hatte, aus: einige Streichholzschachteln, ein kleines Klappmesser, Klebstoff. Er macht sich daran, an seinem Werk weiterzuarbeiten, wie jeden Abend, Stück für Stück. Man sieht jetzt schon, dass es ein Segelboot wird.

Jedes Mal, wenn er sich hinsetzt und weiterbastelt, denkt er, wenn ich Alma begegne, bevor es fertig ist, muss ich es ihr so geben, halb fertig, ein wackeliges Etwas, das nicht mal segeln kann. Typisch Mann, so zu denken. Eine Frau würde sich sagen: Vielleicht treffe ich ihn ja erst, wenn es fertig ist. Weil Frauen der Zukunft eine Form verleihen können wie Ton einer Keramikvase.

Aber jetzt ist es fast fertig, nur das Segel fehlt noch, er wird es aus Stoff machen, und dann ist es bereit, um sich einen Heimathafen zu suchen, denn es ist jetzt schon lange genug auf hoher See umhergeirrt.

Nicht weit entfernt gehen Alma und Frida gerade durch eines der Tore der Römischen Mauer, die in die Altstadt von Lugo führen, zu den Straßen und Plätzen aus alten, riesigen Pflastersteinen, wo alles so erhaben wirkt. In den orangefarbenen Strahlen, die die Sonne auf die Straßen und gegen die alte Kirchenmauer wirft, betrachten die beiden Frauen ihre gekrümmten Schatten auf der langen Straße. Auf der Praza do Campo werden gerade ein paar Stände abgebaut, vermutlich von einem Markt oder irgendeinem Fest. Da diesmal die Tagesetappe etwas länger war als sonst, bleiben sie nicht stehen, um das Treiben zu beobachten, sondern suchen auf der Karte nach der Straße ihrer Pension. Heute Nacht werden sie das Zimmer mit keinem teilen – ein wohlverdienter Luxus.

«Bereust du es nicht?», fragt Frida, während sie erschöpft weitergeht, doch ihre Stimme klingt angespannt, auch ihr Gesichtsausdruck kann das nicht verbergen.

«Was denn?», meint Alma. «Weil wir einen Umweg machen? Quatsch!»

«Wieso Quatsch ... Ich weiß, wie schwer es dir fällt, das erste Mal nicht in einem der Orte aus Brunos Reiseführer zu übernachten. Aber du hättest auch auf dem Jakobsweg auf mich warten können, ich muss mich ja sowieso alleine mit Pater Baltazar treffen.»

«Ich weiß, aber es macht mir nichts aus, wirklich nicht. Ich ruhe mich morgen einfach ein bisschen aus, während du dich mit ihm triffst. Ich bin froh, dass wir zusammen hier sind.» Sie schaut auf ein Straßenschild, um zu sehen, ob sie richtig sind. Eine Gruppe Jugendlicher rennt laut grölend an ihnen vorbei.

«Weiß er eigentlich, dass du kommst?», fragt Alma, als der Krach nicht mehr zu hören ist.

«Nein.»

«Warum nicht? Womöglich war deine ganze Reise dann umsonst.»

«Sie war nicht umsonst.» Frida bleibt stehen und holt tief Luft. «So habe ich mich wenigstens aus meiner Schockstarre gelöst. Außerdem habe ich dich kennengelernt. Und das ist schon mal deutlich mehr, als ich gehofft hatte.»

Alma, die derartige Gefühlsäußerungen von ihrer Freundin nicht gewohnt ist, denkt nicht lange nach und umarmt sie spontan. Unter der Last ihrer Rucksäcke beginnen sie zu torkeln und prusten los. Da gehen die Straßenlaternen an, als würde auf einmal eine Party beginnen – die beiden Freundinnen haben längst begriffen, dass eine Pilgerreise voller Überraschungen steckt.

Kurz darauf wird ihre Aufmerksamkeit auf einen einsehbaren Innenhof gelenkt, aus dem fürchterlicher Lärm dringt: eine schrille Frauenstimme, ein dumpfer Schlag und kurz darauf ein Jaulen. Sie nähern sich dem Hof, um zu sehen, was da los ist. Eine stämmige ältere Frau verfolgt einen Hund und fuchtelt dabei wild mit dem Besen. Ihre Schürze flattert durch die

Luft, alle paar Meter klopft sie mit dem Stil gegen den Boden, es soll wohl eine Drohung sein, offensichtlich geht es um einen umgekippten Mülleimer. Das Tier hat den Schwanz zwischen die Beine geklemmt und winselt.

Als die Frau bemerkt, dass Frida und Alma sie beobachten, murmelt sie irgendetwas und verschwindet dann im Haus. Den wenigen Worten nach zu schließen, die da im Dialekt aus ihrem Mund kamen, war es wohl nicht das erste Mal, dass der kleine Streuner die Frechheit besaß, den Mülleimer umzukippen. Der Hund hat kurze, stämmige Beine, rötliches, struppiges Fell und lebhafte Augen.

Frida sagt keinen Ton, reagiert aber instinktiv, indem sie ihren Rucksack abnimmt, ein paar Kekse herausholt und vor sich auf den Boden legt. Sie wartet. Nur zögerlich nähert sich der Hund, seine Ohren sind angelegt – bis schließlich der Hunger siegt und er alles auf einmal verschlingt. Frida streichelt seinen Kopf so zärtlich, dass sie sich selbst wundert – sie hat ganz vergessen, dass sie so etwas einmal konnte.

«Du hattest doch nur Hunger», murmelt Frida, dann gehen sie weiter.

Es vergeht nicht viel Zeit, da hält Alma an, um sich ihren Schuh zu binden, und bemerkt, dass sie verfolgt werden. «Dein Typ wird verlangt ...», scherzt sie.

Frida sieht den Hund und sagt: «Geh weg!», eine Bewegung mit der Hand verstärkt den Befehl noch. Als der Hund nicht reagiert, schreit sie, wie jedes Mal, wenn sie sich schuldig fühlt. Und genau wie vorhin senkt das Tier seinen Kopf und weicht zurück.

Eine Stunde später sitzen sie in dem schlichten Gasthof Estrella Dorada vor einem Teller mit galicischem Huhn. Mit ihnen am Tisch sitzt eine unglaubliche Müdigkeit, und nach einer kurzen Unterhaltung und einer *queimada* – einem Verdauungstrunk aus der Region aus Traubenlikör, Zitrone und Kaffee – sind sie schon auf ihrem Zimmer.

Während Alma ihr Tagebuch zur Hand nimmt, wälzt Frida sich unruhig im Bett hin und her in dem Versuch einzuschlafen.

~ ~ ~

Man könnte meinen, Galicien gehöre nicht zu Spanien. Zumindest hatte ich bisher ein ganz anderes Bild von diesem Land, das zwar ein Teil von Europa, aber nur durch einen schmalen Streifen Meer von Afrika getrennt ist. In meiner Vorstellung ist Spanien einer erbarmungslosen Sonne ausgesetzt, die den ganzen Himmel beherrscht, die Landschaft gespickt mit unzähligen niedrigen Büschen und Sträuchern und die Luft erfüllt vom Duft nach Strandkiefern.

Ganz anders Galicien: Manche Landstriche sind rau und schroff; da, wo ich Strände erwartet hätte, finde ich Steilküste vor, der Horizont wirkt verwackelt, und bisweilen sieht es aus, als würden die rasch vorbeiziehenden Wolken mit den Wiesen verschmelzen. Galicien ist nicht Meer, so weit das Auge reicht, es sind bewaldete Schluchten und zerklüftete Felslandschaften. Es ist Atlantikwind, der von Aufbruch kündet, es sind gemächliche Tiere auf der

Weide, Häuser aus Stein und stille Dörfer. Es verströmt den Duft nach feuchter Erde und Eukalyptus, seine Musik sind Gebirgsbäche, Kuhglocken und das Pfeifen der Hirten. Von dem kleinen Dorf O Cebreiro aus hatten wir einen wunderbaren Ausblick, und ich dachte sofort, Bruno, wie sehr musst du diese Hügellandschaft geliebt haben, die der deinen so sehr ähnelt.

Das Gehen ist jetzt weniger anstrengend, nur manchmal – heute zum Beispiel – bereitet es uns mehr Mühe. Den größten Teil der Reise haben wir schon geschafft, Santiago ist jetzt nicht mehr nur ein abstrakter Punkt auf der Karte, sondern ein Ort zum Greifen nah. Unsere Augen tasten den Horizont nach ihm ab, wir sagen, irgendwo dahinten ist es. Weil ich weiß, dass wir es fast geschafft haben, spüre ich eine große Dankbarkeit, aber auch eine gewisse Leere.

Irgendwo habe ich gelesen, dass es während einer langen Wanderreise im Körper zu signifikanten Veränderungen kommt. Das Lymphsystem wird angeregt, Gifte werden vermehrt ausgeschieden. Im weiteren Verlauf verschwinden Schmerzen an Muskeln und Gelenken, ja sogar unser Gehirn fängt an, anders zu ticken: Es lauscht der Sprache der Intuition. Es verknüpft Ideen, statt stur der Logik zu folgen. Es öffnet sich Neuem, ändert seinen inneren Rhythmus und schafft es so, Erinnerungen und Zukünftiges mit frischem Blick zu sehen.

Vielleicht habe ich deswegen immer diese Sturmflut vor Augen, die meine Gedanken durcheinanderbringt und reinigt, denn jetzt sind sie so klar wie das Wasser eines Fjordes, nachdem der aufgewirbelte Sand sich gesetzt hat. Heute zum Beispiel ging ich schweigend den Weg entlang, plötz-

lich tauchte die Erinnerung an das kleine Holzboot wieder auf, das mein Opa gebaut hatte – das, das ich gegen eine Zeitschrift eingetauscht hatte! Es hatte mit der Brandung zu kämpfen, seine Segel waren schlaff, und ich hatte einen Kloß im Hals und den bitteren Geschmack von Reue im Mund. Zusammen mit dem Geruch nach salzigem Meerwasser ist es dann wieder verschwunden, und die Sache war vergessen. Selbst Traurigkeit kann sich verkriechen oder ganz verschwinden, wenn man sie lange genug ignoriert.

Morgen ist es jedenfalls so weit. Wenn alles klappt, trifft sich Frida mit Pater Baltazar, einem Franziskanermönch. Sie hat erfahren, dass er auch in Syrien war – er war es, der Manuel die letzten Tage beistand, bevor dieser starb. Ihre Anspannung ist nicht zu übersehen, auch wenn sie nichts sagt. Ich will mir gar nicht vorstellen, wie es ist, mit jemandem zu sprechen, der am Totenbett des Menschen saß, den man liebte. Selbst für mich als Außenstehende sieht es aus, als müsse man eine wacklige Brücke überqueren, die über einen Abgrund führt. Ich höre, wie Frida sich von einer Seite auf die andere dreht, am liebsten würde ich meine Hand auf ihren Arm legen, wie meine Mutter es immer getan hat, als ich klein war, damit ich besser einschlafen konnte.

Das war ein rührender Anblick heute Nachmittag mit dem Hund, wie sie ihn ansah … Sie erzählte, als Kind hatte sie mal einen Cocker Spaniel, er hieß Chicca. Das war das erste Mal, dass sie mir etwas erzählt hat, das nichts mit Manuel zu tun hatte. In dem Moment habe ich begriffen, wie sehr ihr eigenes Leben von der Erinnerung an ihn verdrängt wird.

Oft frage ich mich, welche Bedeutung die Begegnung mit dieser Frau für mich hat. Vielleicht sollte ich etwas daraus lernen, aus ihrer Liebe, die versucht, die Grenze zwischen Leben und Tod zu überwinden. Manchmal denke ich, es wäre ein mutiger Akt, zu Bruno zu rennen und um ihn zu kämpfen, doch ich verwerfe den Gedanken so schnell, wie der galicische Himmel seine Farbe ändert. Dann wieder glaube ich, unsere Gefühle sind einfach nicht stark genug, wenn wir es noch nicht einmal geschafft haben, mit ein paar hundert Kilometern Entfernung klarzukommen.

Neulich hat Frida mich gefragt, ob ich bereit wäre, für Bruno alles aufzugeben. Nachdem jetzt schon Monate vergangen sind und ich ihn immer noch nicht aus meinem Kopf kriege, lautet die Antwort: ja. Aber er müsste es sein, der mich davon überzeugt, dass es die Sache auch wert ist. Doch sein Abschied war endgültig, schließlich hat er seitdem nichts mehr von sich hören lassen. Wahrscheinlich hat er mich längst vergessen, irgendwann zwischen Aussaat und Ernte, in irgendwelchen Setzlingen bin ich gelandet, die eine Krähe gefressen oder der Hagel erschlagen hat.

Wenn ich mit Sicherheit wüsste, dass er mich nicht auf brachliegende Felder verbannt hat, würde ich vielleicht den Mut aufbringen, mich eines Nachts anzuschleichen und ihm von hinten die Hände auf seine Augen zu legen, wie Kinder es tun. Ich wäre gespannt, was für ein Gesicht er machen würde, wenn er den Geruch meiner Haut wiedererkennen würde. Manchmal träume ich davon, dass ich es wirklich tue, doch im Traum sieht er mich an und weiß nicht, wer ich bin, und mich überfällt eine tiefe Traurigkeit ... Also versuche ich, ihn aus meinen Gedanken zu verscheuchen, im-

mer und immer wieder, und ich führe mir vor Augen, dass diese Pilgerreise dem Zweck dient, mit ihm abzuschließen. Ich hätte nicht gedacht, dass es so schwierig ist, jemanden zu vergessen. Ich dachte, man muss nur wollen! Aber die Seele ist wie ein Keller, der Erinnerungen nach oben schickt, sobald die Tür aufgeht. Ein Windstoß oder ein kurzes Husten, und schon wird eines Morgens die Vergangenheit in die Küche geweht, während du gerade Kaffee kochst. Die Seele ist – das sehe ich jetzt – anders als der Körper, sie folgt ihren eigenen Gesetzen; sie sitzt nicht an dem Platz, den du ihr zuweist, so wie Füße in Schuhen, nein, sie wartet auf den passenden Windstoß und lässt sich forttragen. Sie ist eine Anarchistin, um Erlaubnis fragt sie nicht.

Deswegen, Bruno, tut es mir leid, sollte sie dir nachts im Traum begegnen. Ich kann sie nicht mit der Leine festhalten wie einen Hund. Kümmere dich einfach nicht um sie, aber das tust du ja ohnehin nicht. Sie wird es schon noch lernen, wenn sie an Augen gerät, die sie nicht wiedererkennen.

Pessoa schreibt: «Ich trage die Wunden aller Kämpfe, die ich nicht ausgefochten habe, an meinem Körper.»

Meine Wunde wird ein Wunsch sein, der – unerfüllt – unter der Haut verfault.

~ ~ ~

14

EIN EINFALLSREICHER GOTT

Gleich nach dem ersten Klingelton macht Frida den Wecker aus, erleichtert darüber, dass sie sich nicht mehr im Bett hin und her drehen muss, wie sie es die halbe Nacht getan hat. Sie hatte unschöne Träume, solche, die im Halbschlaf beginnen und dann im Wachzustand weitergehen, wenn man in der Dunkelheit mit aufgerissenen Augen an die Decke starrt. In einem stand Manuel nach einer Explosion inmitten von Rauchschwaden in den Trümmern und half ein paar Kindern dabei, ihre Spielsachen wiederzufinden. Nicht weit entfernt lag Frida halb im Schutt begraben, sie konnte sich nicht rühren und rief nach Hilfe. Doch ihr Mann hörte sie nicht, er war gerade mit zwei Kindern in ein Puzzle vertieft.

Jetzt steht Frida auf, ganz leise, um Alma nicht zu wecken. Schnell zieht sie sich an, dann beugt sie sich über ihre Freundin, die gerade aufwacht, und verabschiedet sich kurz.

«Ich bin bald wieder da», sagt sie.

Alma streckt sich. «Ich denk an dich. Und ich warte auf dich.»

Sie lächeln sich an, dann geht Frida. In der Morgendämmerung ist die Luft noch kühl, die Straßen sind wie leergefegt. Oder fast, denn gleich neben dem Eingang der Pension liegt der kleine rote Streuner, der sofort aufspringt, als er sie sieht. Sie traut ihren Augen nicht, starrt ihn ein paar Sekunden lang an, um sicherzugehen, dass er auch wirklich da ist. Eine Mischung aus Dankbarkeit und – grundlosem – Ärger überfällt sie, bevor sie wieder *Geh weg!* in seine Richtung ruft. Sie fragt sich nicht, warum sie ihre Stimme erhoben hat, sondern geht einfach weiter, ohne sich noch einmal umzudrehen.

Unterwegs sucht sie eine Bar, setzt sich draußen an einen Tisch und trinkt Kaffee, während die Sonne Stück für Stück den Himmel erobert. Das Dorf liegt jetzt hinter ihr, nur wenige Geräusche sind zu hören. Der Tag ist warm, immer wieder streichelt eine leichte Brise sanft das Gras am Straßenrand.

Frida hatte sich von der Besitzerin der Pension den Weg erklären lassen. Jetzt geht sie langsam und schluckt die Angst hinunter. Die Angst, sie könnte den Mann, den sie sucht, nicht antreffen. Aber auch die Angst, sie könnte ihn antreffen.

Zur Sicherheit fragt sie noch einmal zwei Einheimische. Sie ist jetzt in einem kleinen Dorf, das an einer Bergkuppe klebt, die wenigen Häuser liegen in enger Umarmung nebeneinander und sind durch verfallene Treppen und kleine Gärten miteinander verbunden. Ein dicker Mann mit einer Schubkarre und einem offenen Lächeln nickt: «Ja, da unten, etwas außerhalb, das Haus auf der linken Seite.» Eine flinke Frau mit einer verblichenen Schürze fügt hinzu: «Nicht mal zwanzig Minuten.»

Frida geht langsam, was eigentlich seltsam ist – sie hat den Rucksack in der Pension gelassen, und nach so vielen Tagen mit schwerer Last auf den Schultern hat sie jetzt den Eindruck, sie würde schweben. Ganz gemächlich setzt sie einen Fuß vor den anderen, macht kleine Schritte, als wären zu große Abstände eine Zumutung, als wolle sie damit die rasante Geschwindigkeit ihrer Gedanken und das schnell schlagende Herz kompensieren.

Als sie die Talsohle erreicht, taucht tatsächlich linker Hand das Gebäude auf: schlicht, dicke Steinmauern, Tür- und Fensterrahmen in Blau. Eine Kletterpflanze färbt die Fassade bunt. Unter einem alten Gewölbe steht die Eingangstür offen, eine niedrige Mauer begrenzt das Ganze. Frida stellt sich in die Tür und räuspert sich. «Darf ich?»

Keine Antwort. Sie steckt ihren Kopf in den halbdunklen Raum und wiederholt ihre Frage. Ein Mann sitzt gebeugt an einem Holztisch, ganz langsam dreht er sich um und kneift die Augen zusammen. Er trägt eine lange Tunika aus Jute. «Kommen Sie rein», sagt er. Jetzt präsentiert er ihr ein ausgemergeltes Gesicht mit sehr dunklen, lebhaften Augen. «Zu wem möchten Sie?», fragt er, sein Gesichtsausdruck strahlt eine natürliche Würde aus.

«Pater Baltazar?»

«Das bin ich», erwidert er und gibt ihr die Hand.

«Ich bin Frida, die Frau von Manuel Roero.»

Der Mann runzelt die Stirn, holt tief Luft, als müsse er seine Gedanken sortieren, dann beginnt er zu lachen, ohne dabei ihre Hand loszulassen, er lacht in sich hinein. Frida ist fassungslos, sie sieht sich um, glaubt, es handele sich um einen schlechten Scherz. Sie weiß nicht, was sie sagen soll.

«Ich verstehe nicht, warum ...»

Pater Baltazar fasst sich wieder, und während er sich über seinen langen Bart streicht, bittet er sie, sich zu setzen. Mit einem weichen Unterton in der Stimme sagt er: «Entschuldige bitte, aber weißt du, ich habe dich erwartet.»

Frida versteht noch immer nicht, folgt ihm aber in die kleine Küche, die voller Krimskrams steht und wie eine Tuffsteingrotte aussieht. Wie hypnotisiert ist sie von diesem Gesicht, in das ein intensives Leben Furchen und Falten gegraben hat wie in ein Flussbett.

«Ich wollte nicht taktlos sein», fährt er fort, während er am Herd mit einem Teekessel und Streichhölzern hantiert. «Ich mache uns einen Tee, dann erklär ich's dir.»

Frida setzt sich auf den Holzschemel, die Hände liegen im Schoß, ihr Rücken ist gerade. Ein wenig befangen fühlt sie sich schon in Gegenwart dieses Mannes, vielleicht, weil er ihr gleich gewisse Dinge erzählen wird, vielleicht liegt es aber auch an seiner Ausstrahlung, an seinen Gesten, die auf sie so feierlich wirken.

«Da du mich aufgesucht hast, hat man dir sicher

erzählt, dass ich Manuel in seinen letzten Stunden begleitet habe.» Er stellt zwei Tassen mit duftendem Tee auf den Tisch und nimmt ihr gegenüber Platz. Er blickt ihr tief in die Augen, als wüsste er, dass sein Blick ihr Halt geben kann.

«Erzählen Sie mir alles, bitte! Auch Details, die Ihnen unwichtig erscheinen.»

«Ich kann dir schon alles erzählen, wenn du das willst. Aber versprich mir, dass du mir sagst, wenn es zu viel wird und ich aufhören soll.»

Frida nickt, und Pater Baltazar beginnt. «Als ich im Krankenhaus ankam, war Manuel erst seit wenigen Stunden dort, aber es war offensichtlich, wie es um ihn stand. Auch ihm war das klar, er kannte die Symptome allzu gut und wollte in Quarantäne liegen. Das macht auch nicht jeder, weißt du. Wenn er es gewollt hätte, hätte man ihn nach Hause geflogen – er war Arzt. Aber er wollte das Leben anderer nicht aufs Spiel setzen, und so kam er in ein Isolierzimmer, wobei Zimmer übertrieben ist, es war eine Kammer unter der Treppe, die gerade mal Platz für ein Bett und einen Stuhl bot, nur ein Vorhang trennte ihn vom Flur. Und da gehörte er schon zu den Privilegierten, du kannst dir also vorstellen, wie es den anderen erging. Seine Kollegen kümmerten sich gut um ihn, da kannst du beruhigt sein. Sie mochten ihn.» Er trank einen Schluck Tee, um zu überlegen, wie sehr er ins Detail gehen konnte. «Du hast ja keine Ahnung, was für Zustände in solchen Krankenhäusern herrschen und was das für die Patienten bedeutet ... Sicher hat dir Manuel davon schon erzählt, aber wenn man es nicht mit eigenen Augen gesehen hat, nützt auch die beste Beschreibung nichts. Und damit meine ich gar nicht mal das ganze Elend, die katastrophale Hygiene, das Fehlen von Medikamenten, das sind alles Dinge, die man sich denken kann. Was man sich aber nicht vorstellen kann, ist der apathische Blick dieser Menschen. Wir haben ja keine Ahnung davon, was es heißt, wenn es keinen Grund mehr zur Hoffnung gibt.» Die Augen von Pater Baltazar werden ganz finster. «Aber zurück zu Manuel. Er lag also in dieser Kammer unter der Treppe, mit einem Laken bedeckt, hatte Mühe zu atmen und wusste, er würde diesen Ort nicht mehr verlassen. Als er mich sah, nahm er meine Hand. Mehr nicht. So blieben wir eine Weile, und ich dachte, er hat schon tausendmal gesehen, wie ich einem Sterbenden die Hand hielt. An etwas anderes konnte ich nicht denken. Ich sagte keinen Ton – wenn jemand im Sterben liegt, gibt es nichts zu sagen, so ist das nun mal. Was zählt, ist die Nähe eines Menschen, die Wärme einer Hand, die die eigene drückt. Sonst nichts.»

«Und genau das kann ich ihm nicht verzeihen. Wenigstens das hätte er mir zugestehen sollen: dass ich bei ihm bin, wenn es auf das Ende zugeht.» Frida zittert, die ganze Contenance, die sie bisher wahren konnte, ist dahin gegenüber diesem Mann, der sie so direkt und durchdringend ansieht.

«Er hat es sich nicht ausgesucht, Frida.»

«Ich weiß, ich weiß.» Ihre Wut wächst, eine andere

Stimme in ihr ergreift das Wort. «Von allen Seiten bekomme ich zu hören, was für ein guter Mensch er war, wie großzügig, gerecht, fast heldenhaft. Und das weiß ich auch, ich weiß, dass das alles stimmt. Aber im Endeffekt war *ich* es, die zu Hause saß und auf ihn wartete, *mein* Leben ist an mir vorbeigerauscht durch das ewige Warten auf seine Rückkehr. Und jetzt? Jetzt ist das Warten für immer und ewig. Einen Mann wie Manuel muss man einfach lieben, mir wäre jede Rolle recht gewesen, solange ich ihn nur haben konnte. Ich kann nicht einmal behaupten, dass er mir den Eindruck vermittelt hätte, ich wäre nicht bedeutsam, nein, dafür war er viel zu perfekt, er war einfach etwas Besonderes. Noch immer werde ich von Journalisten und Fernsehsendern angefragt, um über ihn zu sprechen, den furchtlosen Arzt, der selbst starb, als er den Notleidenden helfen wollte. Aber ich lehne ab, immer! Die Erinnerungen an ihn sind viel zu kostbar, um sie mit jemandem zu teilen. Ich habe immer in seinem Schatten gestanden, und das tue ich auch jetzt noch, wo ich noch nicht einmal mehr seinen Schatten habe.»

Frida beißt sich auf den Knöchel, sie merkt, dass sie gleich die Kontrolle verliert. Pater Baltazar hält ihre Hand fest. «Dein Mann war kein Heiliger, Frida. Er war nur ein Mann, der das Leben, für das er sich entschieden hatte, intensiv lebte. Wie gerne würde ich dir sagen, dass er in seinen letzten Momenten heiter war, friedlich, dass er lächelte, als hätte er sich sicher gefühlt vor dem, was kam. Aber dem war nicht so. Er weinte, er hatte Angst. Er wollte wissen, was aus ihm werden würde und aus dem, was er hinterließ. Als er noch die Kraft dazu hatte, hielt er meine Hand so fest, dass er mir fast das Blut abdrückte. Er war kein Held. Hass ihn ruhig, Frida!» Noch immer hält Pater Baltazar ihr Handgelenk fest umschlossen, mit der anderen Hand fuchtelt er herum, als würde er eine Menschenmenge auseinandertreiben.

«Reiß ihm endlich die Kleider der Allmächtigkeit vom Leib, die du ihm selbst angezogen hast, und sieh ihn als das, was er war: ein Mensch, der Fehler macht. Gestehe dir zu, dass er dir weh getan hat, dass er dich verletzt hat, auch wenn er dich sehr geliebt hat. Verachte ihn, weil er nicht in deinen Armen gestorben ist, sondern weit weg, weil er die Welt retten wollte, dich aber nicht retten konnte. Gestatte es dir, Frida! Wenn du spüren kannst, dass er ein ganz normal sterblicher Mensch war wie wir alle, wirst du ihm auch verzeihen können. Dass er tausendmal abgereist ist und es letztendlich nicht geschafft hat zurückzukehren. Vielleicht hatte er größere Ideale als andere, aber wer denkt, er hat einen wichtigen Auftrag zu erfüllen, bezahlt auch den höheren Preis. Die Größe eines Menschen besteht darin, zu erkennen, dass er einfach nur ein Mensch ist.»

Es ist offensichtlich, dass er über Dinge spricht, die er nur allzu gut kennt. «Er weinte, Frida. Bevor Manuel starb, hatte er nur einen Gedanken: dass er nach Hause wollte, zu dir.»

Frida bricht in Tränen aus, das Schluchzen überfällt sie wie eine riesengroße Welle, die nicht enden will. Sie hustet, führt ihre Hände an den Mund, reibt dann ihr Gesicht voller Verzweiflung. Lange sieht Pater Baltazar sie schweigend an, es scheint wie eine Ewigkeit.

Dann ist ein zaghaftes Geräusch zu hören, das vorsichtige Kratzen von Krallen an der Tür und ein leises Winseln. Der Pater steht auf und erblickt einen Hund mit angelegten Ohren, dazu Augen, die zu sprechen scheinen. Er hebt ihn hoch und trägt ihn zu Frida. «Ich glaube, da will jemand zu dir.»

Als Frida sieht, wie er auch noch ängstlich zittert, muss sie lachen und weinen gleichzeitig, immer im Wechsel. Sie streichelt seinen Kopf, hustet, trocknet ihre Wange.

«Er verfolgt mich seit gestern», flüstert sie. «Ich glaube fast, er mag mich. Zwei Mal schon habe ich ihn verscheucht, aber er bleibt stur. Würde ich an Zeichen glauben, würde ich denken, Manuel hat ihn mir geschickt.»

Pater Baltazar lächelt. «Wer weiß. Es gibt so viele Dinge, von denen wir nichts wissen oder die wir nicht verstehen. Vielleicht hat er ihn zu dir geschickt. Vielleicht ist es nur eine arme Kreatur, die jemanden braucht, der sich um sie kümmert. Vielleicht spürt er aber auch, dass du es bist, die jemanden zum Lieben braucht.»

«So verstrubbelt, wie er ist, erinnert er mich tatsächlich an Manuel.» Auf Fridas Gesicht deutet sich ein Lächeln an. «Seit der Hund gestorben ist, den ich als Kind hatte, habe ich mir keinen mehr angeschafft. Ich war damals so unendlich traurig, dass ich so etwas nie mehr erleben wollte.»

«Das Leben hat es sich nun mal zur Aufgabe gemacht, uns zu zeigen, dass der Schmerz dazugehört, oder?» Pater Baltazar legt ihr eine Hand auf die Schulter. «Nimm diesen Hund mit! Gewöhne dich wieder daran, jemanden zu mögen. Gib ihm zu trinken, zu fressen, gib ihm einen Namen, streichel ihn, bevor du schlafen gehst, lass ihn an deinen Fingern lecken, wenn du ihm einen Happen gibst. Du wirst es gar nicht bemerken, aber ganz allmählich wird sich dein Herz wieder an etwas gewöhnen, das der Liebe gleicht. Manuel wird nicht zurückkommen, aber du, Frida, du bist noch hier! Es gibt nur eine Art, tot zu sein, aber viele Arten zu leben. Nur Dummköpfe verzichten auf das Leben.»

Frida krault dem Hund noch immer den Kopf, er sitzt neben ihr und wedelt mit dem Schwanz.

«Pater, Sie glauben doch an Gott, müssten Sie jetzt nicht vom ewigen Leben erzählen und dass die Wege des Herrn unergründlich sind?»

«Müsste ich das? Also, ehrlich gesagt, nach allem, was ich über die Jahre so gesehen habe, sind meine Zweifel nur noch gewachsen, und ich bin zu dem Schluss gekommen, dass Gottes Ziele außerhalb meines geistigen Horizonts liegen. Heute meint jeder, er wüsste Bescheid – so ein Unsinn! Es mag vielleicht blasphemisch klingen, aber auf die Geschichte mit Himmel und Hölle würde ich keinen müden Cent wetten. Irgendetwas wird da schon sein, bei seinem Einfallsreichtum hat Gott sich bestimmt etwas ausgedacht, doch wie ich ihn einschätze, wird er es uns nicht verraten. Ich glaube, er will einfach nur, dass wir das Beste aus unserem Leben machen. Irgendwo habe ich mal gelesen, *Schicksal ist ein Wort, das man rückwärts lesen muss* – den Sinn versteht man erst am Ende seiner Tage. Vielleicht müssen wir einfach nur abwarten.»

«Aber haben Sie denn keine Vorstellung vom *Danach*? Ich bin nicht gläubig, war es auch noch nie, aber ich frage mich schon, ob der Tod ewig dauert. Wäre das nicht ein bisschen lang im Vergleich zu unserem kurzen Leben?»

Ein tiefes gurgelndes Lachen dringt aus Pater Baltazars Kehle. «Meiner Meinung nach sind wir einfach nur Seifenblasen. Wenn eine zerplatzt, zerplatzt mit ihr die Illusion aus Wasser und Seife. Aber die darin eingeschlossene Luft, die ihr die Form verlieh, die Energie, die bleibt.»

Der Mönch lehnt sich in seinem Stuhl zurück und wird wieder ernst. «Da ist noch etwas, was ich dir sagen will, deswegen habe ich vorhin auch gelacht, als du dich vorgestellt hast, wofür ich mich nochmals entschuldige. Ich wollte nicht respektlos sein, und dein Mann fehlt auch mir sehr. Ich habe gelacht, weil ich dich erwartet habe. Ich wusste, du würdest kommen. Oder vielmehr, Manuel wusste es. Er bat mich, dir etwas zu geben. Es sind seine letzten Gedanken. Sie gelten dir, ich sollte sie aufschreiben. Du wirst dich fragen, warum ich dich nicht kontaktiert habe, um es dir zu geben – er wollte es so. Er sagte, du würdest dich aufmachen und mich finden. So gut kannte er dich! Vielleicht hat er dich ja in einem Traum aufgefordert, mich zu suchen. Vielleicht wusste er – und weiß –, dass eure Liebe wirklich stärker ist als diese Linie, die die Lebenden von den Toten trennt. Ich habe schon so viele Menschen gesehen, die sie überschritten haben, und manchmal habe ich den Eindruck, sie ist nichts anderes als ein Strich, wie ihn Kinder am Strand mit einem Ast in den Sand zeichnen, um ein Fußballfeld zu begrenzen. Vielleicht schießen wir einfach nur ein Tor, wenn wir über die Linie treten, wer weiß.»

Sein Blick wird leer, er verliert sich im Halbdunkel des Raumes, driftet ab, hin zu etwas Unsichtbarem. Dann kehrt er zurück ins Hier und Jetzt. Er sucht in der Schublade des Küchenschranks, kramt zwischen Notizheften und losen Zetteln, zieht dann ein Blatt heraus, das er in einer Folie aufbewahrt hat. Er gibt es Frida.

«Das ist es. Lies es, wenn du dazu bereit bist. Nicht früher und nicht später. Warte, bis es dir bessergeht, und dann suche dir etwas, wofür es sich lohnt, auf dieser Welt zu sein. Schon die Tatsache, dass du den Jakobsweg gehst, ist ein Zeichen dafür, dass du leben willst. Wer losmarschiert, auch wenn er noch so sehr jammert, will auch weitergehen.»

Frida schluchzt noch immer – jetzt in den Armen des Franziskaners. Diesmal ist es ein befreiendes Weinen. Der Hund hüpft um sie herum und wedelt mit dem Schwanz. Der Tee in der Tasse ist mittlerweile kalt.

Als Frida am frühen Nachmittag wieder bei Alma ankommt, hat sie gerötete Augen, einen Brief ihres Mannes in der Tasche und einen kleinen Hund bei sich. Sie hat ihn Bazar genannt.

15

UND WENN ES EIN ABSCHIED WÄRE

AUF DEM JAKOBSWEG

Santiago, da ist es wieder.

Zuerst die kreisrunden Formen sanfter Hügel, dann die anonym wirkenden Häuserkolonnen im ländlichen Stil, schließlich die breiten, viel befahrenen Straßen voller Ampeln und die Pilger, die warten, bis es Grün wird. Verschwitzt, oftmals humpelnd und voller Ungeduld. Man sieht es an ihrem Gang, dass das Ziel nicht mehr fern ist. In weniger als einer Stunde wird der Platz vor der Kathedrale ein Ort der Ankunft sein, ein Hafen, ein wahrer Segen; ein Ort für Feste und Begegnungen mit anderen Menschen. Man sieht es an ihren mechanischen Bewegungen, an ihrer dennoch entschlossenen Art, mit der sie ein verbundenes Knie, einen Schmerz oder eine Sehnsucht mit sich herumschleppen.

Gleich haben sie's geschafft, jeder auf seine Weise, die Vergebung der Sünden – von denen sie vielleicht gar nicht wissen, sie begangen zu haben –, die gemeisterte Herausforderung, das erreichte Ziel, die

Aussicht, nach so vielen Wochen in den Alltag zurückzukehren. Man sieht es an ihren Augen, wenn sie am Ortsschild von Santiago de Compostela vorbeikommen, wenn sie sich auf ihren Handys verewigen, die Finger zum Victory-Zeichen erhoben, den Rucksack nur noch über einer Schulter, mit einem Stock zum Aufstützen.

Auch Bruno, der zum zweiten Mal – diesmal aber aus einem anderen Grund – hier ist, spürt, wie die Euphorie wächst, während er durch die ersten schmalen Gassen der Altstadt geht, vorbei an Steinbögen, kleinen Plätzen und den Schaufenstern der Antiquitätenhändler. Ein feiner, bläulich schimmernder Regen fällt, er ist typisch für Galicien und wird von Minute zu Minute stärker. Schon bald fließen an den Bordsteinen kleine Rinnsale, Hüte und Regenjacken zieren die Körper der Pilger, Regenschirme werden aufgespannt, kleine Pfützen bilden sich unter den Schuhen.

Bruno geht weiter, er denkt an die Stille nebelbedeckter Felder, an die dicht belaubten, hundert Jahre alten Eichen und an die Gestalt einer Frau, die entweder hinter ihm ist oder ihm vorausgeht. Er denkt an die Begegnung, zu der es nicht kam, die nicht wollte, dass es passiert, und jetzt bleibt kaum mehr Zeit, damit es passieren kann. Denn es sind nur noch wenige Meter und gerade mal noch ein Tag.

Zeitgleich mit einem wütenden Platzregen, der nach allen Seiten peitscht, erreicht er die Praza do Obradoiro. Würdevoll trotzt die Kathedrale dem

Unwetter, unerschütterlich ist sie, auch wenn sich auf einer Hälfte ein Baugerüst hochzieht. Nur wenige Mutige betreten den Schauplatz, wie Kinder tanzen sie in der festen Überzeugung, *Massai, der große Apache* zu sein, während der Himmel für weitere Munition an Blitz, Donner und Regenschauern sorgt.

Bruno hält inne, ganz verzaubert von diesem apokalyptischen Spektakel, gleichzeitig völlig entkräftet wie sein Pferd nach einer langen Galoppstrecke, und er fragt sich, ob die Erde sich von ihm wirklich auf diese Art verabschieden möchte: an einem Julitag, nach all den Kilometern, die er zurückgelegt hat, gekleidet wie ein Penner, mitten auf einem Platz irgendwo in Spanien.

Er wartet, doch nichts passiert. Nichts außer dem unangenehmen Gefühl nasser Füße in klebenden Schuhen und sich anbahnenden Halsschmerzen. Auf das Armageddon möchte er aber dann doch lieber an einem geschützteren Ort warten, und so setzt er sich unter einen der Bögen vor der Kirche.

Dort hat auch ein großer, kräftiger Mann Schutz gesucht, der gerade in seinem Rucksack kramt. Als er merkt, dass er beobachtet wird, streckt er Bruno die Bierflasche hin, die er eben herausgezogen hat.

«Warum nicht ...» Bruno nimmt das Angebot gerne an, denkt aber gleichzeitig, zum Aufwärmen wäre jetzt etwas Stärkeres nicht schlecht.

«Leider hab ich keinen Whiskey hier.» Offenbar kann der Typ seine Gedanken lesen. Sein Gesicht ist finster, er hat einen Vollbart und trägt eine schwarze

Lederjacke – eine eher unübliche Kluft für einen Ort wie diesen –, an einem Ohr verläuft eine weiße Narbe, sein Akzent ist römisch, das ist nicht zu überhören.

Bruno nimmt einen Schluck, bedankt sich, der andere stellt sich vor: «Ich bin Giorgio», sagt er. «Für Freunde, Rep.» Er holt ein Päckchen Golden Virginia und Papers heraus und dreht sich eine Zigarette, die im Vergleich zu seinen dicken Fingern äußerst filigran aussieht. Mit einem Streichholz steckt er sie sich an. «Bist du gerade erst angekommen?»

«Ja, gerade eben. Genau richtig, um diesen Weltuntergang zu genießen.»

«Und wem hast du das zu verdanken?», fragt er, während er Brunos aufgeweichte Schuhe betrachtet und einen Zug von seiner Zigarette nimmt.

«Das Gleiche könnte ich dich auch fragen», kontert Bruno lachend.

«In meinem Fall ist das ganz einfach: Ich habe es meiner Freundin zu verdanken. Monatelang hing sie mir mit ihrem Jakobsweg in den Ohren, mit Selbstfindung, den Heiligen, den Madonnen und dem ganzen Zeug. Und ich Idiot hab's tatsächlich durchgezogen, bis hierher. Und jetzt hab ich seit drei Wochen Blasen an den Füßen, Rückenschmerzen ohne Ende, und in einer Herberge haben sie mir auch noch mein Zippo geklaut. Von wegen, wir sind alle Freunde ... die klauen schlimmer als die Raben!»

Bruno muss herzhaft lachen – nach all der Spiritualität ist dieser trockene, direkte Pragmatismus eine echte Wohltat.

«Und wo ist deine Freundin jetzt?»

«Da drin, bei der Pilgermesse. Wenigstens das hat sie mir erspart. Übermorgen geht's dann auch noch zum Kap Finisterre, ans Meer, sonst kippt die Stimmung. Als ob die Strände bei Ostia nicht reichen würden, da ist das ganze Jahr Saison. Wenn's nach mir ginge, wäre ich jetzt mit meinen Kumpels beim Harley-Treffen, der Jakobsweg kann mich mal! *Das* ist heilig: Bier, Motorräder und Cruisen.»

Er raucht die Zigarette bis zum Ende und drückt sie dann mit seinen Schuhen aus. «Und du? Was hat dich hierhergeführt, so ganz allein?»

Bruno – nach der Reise total am Ende, nass bis auf die Knochen und vor Kälte zitternd – weiß auch nicht, warum er einem völlig Unbekannten, der sich nicht gerade durch emotionales Feingespür auszeichnet, davon erzählt, dass er einer Frau nachreist, die er vor einigen Monaten verlassen hat. Und während er das tut, wird ihm klar, wie grotesk die Situation ist: Wie damals sitzt er auch jetzt bei einer Piazza, unter den Bögen einer Kirche und spricht über die Liebe, diesmal allerdings mit einem bärtigen Motorradfreak, der eher unfreiwillig in Santiago ist.

Vielleicht braucht er einfach nur einen Grund, um noch zu bleiben und sich erst später ein Hotel zu suchen, in der Hoffnung, Alma im strömenden Regen auf den Platz rennen zu sehen. Vielleicht erscheint es ihm aber auch die erträglichste Lösung, mit Bier – und einem ziemlich einfach gestrickten Typen in Lederkluft – seinen Kummer hinunterspülen.

Giorgio, genannt Rep, hört ihm genau zu, während er sich noch eine Zigarette dreht.

«Ich glaub's nicht! Ich hab immer schon gesagt, vor der Liebe sollte man sich in Acht nehmen, und ich bin der beste Beweis dafür, wenn ich mich hier so anschaue. Aber dir hat sie ja wirklich das Gehirn weggeschossen.»

Sie prusten los, der Motorradfreak öffnet noch eine Flasche Bier. Der Regen lässt nach, und allmählich bevölkern auch wieder Massen an Pilgern zu Fuß oder auf dem Fahrrad den Platz.

«Und wie soll's weitergehen, jetzt, wo du sie nicht getroffen hast?»

«Gar nicht. Morgen geht mein Flug zurück nach Italien.»

«Warte mal ... Du bist ewig weit gelaufen, und jetzt gibst du einfach so auf? Rufst du sie wenigstens an, wenn du zu Hause bist?»

«Nein, das war's. Es sollte einfach nicht sein. Vielleicht ist es besser so, es wäre sowieso der reinste Wahnsinn. Für sie ist die Sache vermutlich längst abgehakt, vielleicht wäre eh nichts passiert, selbst wenn wir uns begegnet wären. Sagen wir mal so: Der Jakobsweg hat uns die Entscheidung abgenommen.»

«Ich weiß ja nicht ...», meint Giorgio. «Auf jeden Fall überschätzt ihr das mit dem Jakobsweg, er hat viel zu viel Bedeutung für euch alle. Zu Viola sag ich auch immer: Es ist doch einfach nur eine Straße, ein Schotterweg. Davon gibt's Tausende, und auf vielen läuft es sich deutlich besser.› Aber ihr versteift euch auf den hier, nur wegen dieser Chose vor tausend Jahren ... Ich wünsche dir trotzdem viel Glück. Nach dem Wenigen, was ich gehört habe, denke ich, du bist ganz in Ordnung, dir würde ich sogar meine Maschine anvertrauen. Komm morgen noch mal hierher, bevor du zum Flughafen fährst. Vielleicht kommt sie dann ja gerade hier an. Manchmal hat das Leben richtige Knaller auf Lager, dass du nur so mit den Ohren schlackerst ... Wie damals, als Valentino Rossi den Grand Prix in Holland gewonnen hat, obwohl er als Elfter gestartet ist.»

Bruno klopft ihm zum Abschied auf die Schulter, und auf dem Weg zu einem Hotel – noch immer im strömenden Regen – denkt er, Rep hat schon recht, es kostet ihn nichts, es ein letztes Mal zu versuchen, bevor er nach Hause fliegt.

Vielleicht hat das Leben ja einen richtigen Knaller auf Lager, dass man nur so mit den Ohren schlackert.

Am nächsten Morgen geht Bruno wieder zur Praza do Obradoiro und stellt sich unter einen der Kirchenbögen. Noch immer gießt es in Strömen, ein Ende ist nicht abzusehen – die Kathedrale sieht er nur durch einen dichten Regenschleier. Mitten auf dem Platz posieren einige Pilger für ein Selfie, so mancher lacht laut, andere umarmen sich, ein Hund mit klatschnassem Fell schnüffelt am Boden herum. Bruno denkt, es wäre schön, wenn er Tabui mitgenommen hätte – vielleicht das nächste Mal. Nach einem letzten Blick auf die ankommenden Pilger verschleiert ein Schatten der Traurigkeit seinen Blick, doch es ist ein zarter Schleier, beinahe transparent.

In einer leisen Geste verabschiedet er sich von dem Platz und den letzten beiden Wochen, ganz schnell, wie wenn man einen Stein ins Wasser wirft und denkt, nach dem Eintauchen kommt nichts mehr, aber dann sind da doch noch eine ganze Weile diese Kreise auf der Wasseroberfläche. Er steuert auf den Busbahnhof zu, aber ein Gedanke führt ihn noch einmal zur Kathedrale zurück. Vorsichtig öffnet er seinen Rucksack, und noch vorsichtiger legt er unter einem Bogen, ganz dicht an der Mauer, ein Segelboot aus tausend kleinen Streichhölzern ab. Er rückt noch das Segel zurecht, als würde er ihm gut zureden, dann geht er.

Während er sich auf den Weg macht Richtung Heimat, zu seinen Hügeln, seinen Feldern, denkt er, es wäre schön, wenn wenigstens das Streichholzboot das Meer erreichen könnte, um loszusegeln.

ZWEI TAGE SPÄTER

Unter einem endlich blankgeputzten Himmel erreichen Alma und Frida Santiago. Als sie auf der Praza do Obradoiro ihre Rucksäcke vom Rücken gleiten lassen, ist es die reinste Erlösung, und so wie sie sich dann in die Arme fallen, sieht es aus, als wäre es das erste Wiedersehen nach einer ganzen Ewigkeit. Bazar schwänzelt um sie herum und bellt, um sich dem Freudenfest anzuschließen.

Sie setzen sich auf das Kopfsteinpflaster, und diese Geste wird sie für immer mit anderen Pilgern verbrüdern, mit den beiden chinesischen Mädchen, die neben ihnen in Tränen ausgebrochen sind, mit einer Gruppe Pilger, die im selben Moment von ihren Fahrrädern steigen, mit dem alten Mann, der auf einen Stock gestützt nach oben blickt, genau dorthin, wo die hohen Fialen der Kirche in den Himmel ragen.

Sie sind so ergriffen wie ein paar Tage zuvor, als sie einen alten Mann überholten, der sich mühsam einen steinigen Weg entlangschleppte, oder als sie ein Mädchen sahen, das zwei Rucksäcke trug und seiner Freundin als Krückstock diente, weil diese sich den Knöchel verstaucht hatte. Es liegt an dieser Ergriffenheit, dass sie sich nicht von der Stelle rühren können, dass sie keinen Ton herausbringen, dass sie in diese Welt eintauchen, der sie sich nun endlich ganz zugehörig fühlen.

Als sie die Kirche betreten, drängen sich dort unglaublich viele Menschen, klitschnass vor lauter Anstrengung und so viel Leben. Der Geruch von Weihrauch empfängt sie, den das berühmte Weihrauchfass *botafumeiro* verströmt; auch der Gesang einer Ordensschwester nimmt sie in Empfang, er kann die Existenz Gottes viel glaubhafter vermitteln als tausend verfasste Schriften. In jener Stimme kann Frida Manuel wiederfinden, und das so zum Greifen nah, dass sie am liebsten eine Hand nach ihm ausstrecken würde. Zum ersten Mal denkt sie nicht an ihren Mann, sondern sie *spürt* ihn auf eine Art, die sie mit Worten nicht beschreiben kann, etwa so, wie sie bisweilen einen Geruch oder den Widerhall schneller Schritte durch die Gassen von Porto *spürt.* Wie etwas, von dem man ganz plötzlich weiß, dass es schon immer da war, am rechten Ort.

Alma fasst nach Fridas Hand, drückt sie einen Moment, um den kalten Schauer, der sie trotz der Hitze befällt, abzumildern.

~ ~ ~

Wer es nicht selbst erlebt hat, kann nicht verstehen, was es heißt, am Ende *anzukommen. Das Herz öffnet sich weit, und der Wind vereint sich mit deinem Atem, den du den ganzen Weg über verströmt hast. Der Schein füllt den Raum, der zwischen deinen Gedanken verborgen lag, mit Licht aus. Da ist die Lust, alle Schwere abzuwerfen und zu springen, als hättest du neue Beine, die du die letzten siebenhundert Kilometer kein einziges Mal getestet hast. Da ist die Lust, den zu umarmen, der auf dieser Reise neben dir gegangen ist – nicht nur wegen der Nähe seines Körpers, denn es gibt auch eine seelische Nähe, und die ist ebenso viel wert, wenn nicht noch mehr. Du möchtest deine Mutter anrufen und ihr sagen: «Ich hab's geschafft.» Du spürst, genau an diesen Moment kann sich deine Erinnerung klammern, er ist der Sicherheitsgurt auf einem turbulenten Flug.*

Es geht nicht nur um all das Schöne ringsum. Es geht um dieses zwiespältige Gefühl: Einerseits bist du erleichtert, dass du es geschafft hast, gleichzeitig macht sich nach der erfüllten Mission Leere breit. Ich spürte die gleiche Freude, gemischt mit Wehmut, wie am letzten Schultag, nur noch viel intensiver und aufwühlender als alle letzten Schultage zusammengenommen.

Der Jakobsweg lehrt einen innerhalb kürzester Zeit, dass Beziehungen zu anderen Menschen nur langsam wachsen, die einzelnen Schritte der Annäherung sind unzählige, und sie sind klein, manchmal auch unbedeutend, aber sie bewirken deutlich mehr als die meisten Worte. Es sind die Gesten, die zählen: Essen teilen, auf einer Anhöhe auf den anderen warten, seine Trinkflasche hinüberreichen. Dann wird, kaum merklich, das dünne Band immer fester, und die Einzigartigkeit des anderen sagt uns einiges über uns selbst, was und wer wir sind. So war es bei Frida und mir. Und wenn ich daran denke, dass wir uns in wenigen Tagen voneinander verabschieden müssen, überfällt mich schon jetzt eine unglaubliche Traurigkeit. Es macht Spaß, sie mit Bazar zu beobachten, als hätte er es geschafft, etwas tief Verborgenes, das sie schon verloren glaubte, hervorzuholen. Ich musste an den Hund aus einer Erzählung von Coelho denken, dort verkörpert er den Teufel – hier scheint er das genaue Gegenteil zu sein.

Am Beginn meiner Reise war die Ankunft mein Ziel. In den letzten Tagen habe ich ständig nach einem guten Grund gesucht, um noch einmal aufzubrechen.

Da waren keine Erscheinungen beim Pilgern, die vor mir auftauchten, auch keine Engel mit tollen Versprechungen, keine Heiligen mit einem Schwert, um mir den Weg zu weisen. Ich hatte keine Erleuchtung. Aber: Ich habe einiges über mich selbst erfahren.

Ich habe erfahren, dass ich gerne einen Fuß vor den an-

deren setze, dass ich meine Beine und meine Ausdauer gerne auf die Probe stelle, meine Knie, um nicht einzuknicken, meine Gedanken, um nicht jeden Kilometer zu zählen, der zwischen mir und dem nächsten Rastplatz liegt. Ich bin zu dem Schluss gekommen, dass Strapazen und Schmerzen wechseln können, und wenn du denkst, jetzt geht gar nichts mehr, macht dein Körper zu deiner großen Verwunderung plötzlich einen Schritt nach vorn. Und noch einen.

Ich habe gemerkt, dass ich mich auch hier auf dem Jakobsweg – während ich versuche, die schwer lastenden Erinnerungen loszuwerden – darüber ärgere, wenn sich der Himmel zuzieht und es zu regnen beginnt, oder wenn ein herumstreunender Hund die Tüte mit meinem Mittagessen schnappt. Ich habe gemerkt, dass es auch hier Menschen gibt, die die üblichen Kämpfe zwischen sich und einem Heer an vermeintlichen Feinden austragen, die mit Kilometern und Spitzenzeiten prahlen wie damals bei den Wettrennen, zu denen ich als Kind immer verdonnert wurde, obwohl sie mir doch so verhasst waren. Auch hier gibt es Menschen, die aufbrechen und nicht vorhaben, in ihr altes Leben zurückzukehren, so groß sind ihre Begeisterung und ihre Zuversicht, sie sind auf der Suche nach den fehlenden Puzzleteilen, die irgendwann auf irgendeinem Weg in irgendeinem Leben zusammenpassen werden.

Tausendmal habe ich meine Schuhe gebunden, am Ende eines Tages bin ich über eingebildete Steine und andere nicht existente Hindernisse gestolpert, ich habe mich mit meiner Reisegefährtin unterhalten, um die schmerzenden Füße nicht zu spüren, wenn sie weiterlaufen mussten. Oft bin ich an Dingen, die mir begegnet sind, vorbeigerauscht, durch diese wilde, intensiv grüne, feuchte und üppige Natur, durch diesen milchigen Nebel.

Aber ich habe mich auch oft über die kleinsten Dinge gefreut: über das kühle Wasser eines Baches im Schatten eines dichten Waldes, über Füße, die am Abend mal nicht schmerzen, oder darüber, aufzuwachen und sich wie neugeboren zu fühlen.

Ich glaube, ich habe gelernt, dass Gott in den kleinen Dingen steckt. Ich glaube, ich habe verstanden, dass Glück ein gesättigter Körper und eine erfüllte Seele ist; Ersterem genügt ausreichend Nahrung und Schlaf, Letztere braucht Liebesgeschichten, die das Herz ausfüllen, Blicke, die die deinen kreuzen, das Gefühl, Teil der Geschichte zu sein, die du nicht nur hörst, sondern selbst lebst.

Am Ende meiner Reise hat mich eine simple Geste fast zu Tränen gerührt: ein Fahrradfahrer, der beim Erreichen seines Zieles einem anderen – ganz schüchtern – die Hand auf die Schulter legt.

Der Jakobsweg hat mich nicht zu einem besseren Menschen gemacht, auch nicht zu einem stärkeren oder tiefgründigeren oder spirituelleren. Er hat mich weder stärker gemacht noch weiser. Aber er hat meine Augen mit bunten Farben zum Leuchten und mein Herz mit leisen Stimmen zum Klingen gebracht; ich werde sie jetzt immer hören, so lange, bis ich einen Grund finde, um erneut aufzubrechen.

Ich weiß jetzt, dass nicht der Pilger den Jakobsweg macht, sondern umgekehrt. Und ich hoffe, es stimmt, was viele sagen: dass die wirkliche Reise erst mit dem Erreichen des Ziels beginnt.

Ich würde so gerne behaupten können, dass es mir end-

lich gelungen ist, den Gedanken an dich – an uns – zu verbannen, aber es wäre eine glatte Lüge. Ich habe ein trügerisches Gefühl, denn ich begegne dir auf Schritt und Tritt, als wärst du eben erst da gewesen: in einem Laubhaufen, der durch die Schritte eines Menschen durcheinandergewirbelt wurde, in einem Schatten auf der Kirchenfassade, hinter der beschlagenen Scheibe eines Fensters.

Ich würde so gerne sagen können, dass ich genau weiß, was ich tun werde, wenn ich wieder zu Hause bin, aber dem ist nicht so. Ganz bestimmt werde ich Monica anrufen und ihr sagen, dass sie recht hatte, dass Reisen nicht hilft, um zu vergessen. Aber dass man, um das zu begreifen, Abstand von sich selbst und seiner Routine nehmen muss. Ich werde wieder anfangen, meinen Alltag mit einer guten Portion Spontaneität zu meistern, wenn ich abends meine Buchhandlung schließe.

Neue Lieben werden kommen, natürlich werden welche kommen, vermutlich farbloser und weniger intensiv als diese, aber vielleicht gelingt es mir ja, sie passend zu machen. Wie Schuhe, die man trägt, weil man sie ganz okay findet, obwohl einem irgendetwas nicht zusagt, vielleicht die Farbe oder das Material. Aber der Preis war okay, sie sind recht bequem, und man hat keine Lust, noch ewig weiterzusuchen. Die Angst vor Einsamkeit ist der optimale Nährboden für lauwarme Gefühle, die einem aber wenigstens etwas Sicherheit geben.

Es werden Männer kommen, die mir vielleicht sogar ähnlich sind, die mich abends abholen, um mit mir ins Kino zu gehen oder in der Innenstadt Sushi zu essen. Da werden keine Wiesen sein, über die wir reiten, es wird auch keine

Nachmittage in Weizenfeldern geben, in denen wir Fuchsspuren verfolgen oder Raben beobachten. Deine Hand wird nicht mehr auf meiner ruhen, während die andere das Lenkrad hält.

Vielleicht komme ich eines Tages zu dem Schluss, dass das ja nicht so schlimm ist. Im Gegensatz zu jetzt, da ich gleich in zweierlei Hinsicht mit einem Ende zu kämpfen habe und ich mich – ohne dich als Wegweiser, als meine Bahnschienen – so einsam fühle wie ein verlassener Waggon, der im Bahnhof einer Geisterstadt festsitzt.

Aber du bist so weit weg und schweigst – ich muss verrückt sein, wenn ich immer noch an dir festhalte.

Borges schreibt: «Abschied setzt einen Schwerpunkt. Ein sinnloses Feiern des Unglücks.»

~ ~ ~

16

DAS SCHICKSAL LAUT DEFINITION

AM ENDE DES JAKOBSWEGS

Finisterre. Dort endet die Welt.

Wie das wohl war, als man dachte, es sei tatsächlich das Ende der Welt, es gebe hier nur noch Felsen und Wellen, die die Felsen aushöhlten. Wie das wohl war, als man aufbrach, ohne zu wissen wohin; nicht wie auf dem Jakobsweg, wo alle paar Meter ein gelber Wegweiser oder eine Muschel mitteilt: *Hier geht's weiter,* und einem versichert, dass man richtig ist. Damals bedeutete, von hier aufzubrechen, von einem Gewirr aus Routen umgeben zu sein, von vagen Vermutungen und ohne Versprechungen, wie wenn man geboren wird – das passiert einem einfach, und schon ist man mittendrin, ohne Kompass, den muss man sich dann schon selbst besorgen, und trotzdem gibt es keine Garantie, dass er auch wirklich funktioniert.

Das sind Almas Gedanken, als sie auf einem Felsvorsprung sitzt und auf den Atlantik schaut, während ein tosender Wind die Wellen brechen lässt und ihre völlig durchgetretenen Schuhe kitzelt. Ab und zu rollen ein paar Kieselsteine hinunter, leise im Vergleich zum immensen Getöse des Meeres, das sich hebt und senkt wie der Bauch eines prähistorischen Tieres. Neben ihr sitzt Frida und betrachtet den Horizont in der Ferne, eine klare dünne Linie in Kobaltblau.

Die beiden sind mittlerweile Profis im Nebeneinandersitzen, ohne zu sprechen, jedes gesprochene Wort ist eines zu viel, Gefühlsregungen müssen nicht erklärt werden. Bazar hat sich ihnen angeschlossen, er hält sich an die Regeln. Im Moment liegt er da und gibt keinen Mucks von sich, er wedelt nur leicht mit dem Schwanz und wirkt noch nicht einmal sonderlich gelangweilt.

Fridas Handy klingelt, sie steht auf, um fern vom Getöse der Brandung ranzugehen, sie tut das widerwillig, die Nummer ist ihr nicht bekannt. Alma sieht sich um, sie denkt, das ist der letzte Akt ihrer Reise, sie ist nun wirklich am Ende angelangt und wenn sie gut aufpasst, kann sie sehen, wie der Vorhang fällt, während sich neben ihr zwei junge Frauen einander umarmend von einem Mann mit Bart fotografieren lassen. Dann erweckt ein heftig diskutierendes Pärchen ihre Aufmerksamkeit: Sie ist schmal, ihre Haut fast ätherisch, sie trägt einen langen hellen Rock, der ihr bis zu den Knöcheln reicht. Er ist das genaue Gegenteil: kräftig, mit einem roten Tuch, das um den Kopf gebunden ist, und einer schwarzen Lederjacke, auf der *Rep* steht.

«Da bin ich wieder», sagt Frida und setzt sich neben ihre Freundin. «Das war eine Journalistin. Sie will mich interviewen, mir ein paar Fragen zu Manuel und seiner Arbeit in Afrika stellen.»

«Hast du wieder abgelehnt?», fragt Alma und hält sich die Hand vor die Augen, weil die Sonne sie blendet.

«Wenn du's genau wissen willst ... nein!» Frida schmunzelt. «Es ist ja nicht so, dass ich unglaublich viel zu tun hätte, wenn ich zurück bin, also habe ich zugesagt.»

«Das finde ich toll, Frida! Du wirst sehen, es wird dir guttun.» Alma lächelt, als hätte sie selbst eben eine frohe Botschaft bekommen.

Das Meer vor ihnen tut seine Pflicht, die Sonne knapp darüber ebenfalls, und der Wind rauscht wie eine Muschel, die man ans Ohr hält. Es gibt Augenblicke im Leben, da scheint alles am rechten Ort zu sein. Diese Momente sind rar und von kurzer Dauer, und damit etwas sehr Kostbares. Die ganze Szenerie hat etwas von einem Happy End, säße man im Kino, würde man jetzt auf den Abspann warten. Aber hier gibt es überhaupt kein Ende, weder ein glückliches noch ein trauriges, hier sind einfach nur zwei Frauen und ein Hund mit rötlichem Fell, die auf den Atlantik blicken.

Frida nimmt ihren Rucksack und holt einen Brief heraus. Alma hat sofort verstanden, sie steht auf und entfernt sich leise. Ein Mal tief Luft geholt, dann nimmt Frida den Brief – sie muss ihn gut festhalten, damit der Wind ihn ihr nicht klaut – und öffnet ihn.

Amorzinho, *der Tod macht einem ganz schön Angst, wenn er so vor einem steht. Das war mir gar nicht bewusst. Ich spüre, wie er mich anstarrt, während ich diese Worte formuliere, es werden meine letzten sein. Ich kann ihn förmlich riechen, zu oft hatte ich seinen Geruch schon in der Nase, wenn ich einem Sterbenden beistand. Aber meine Angst vor ihm war nicht groß genug, Frida. Wir halten uns für unsterblich – der Tod existiert zwar, das schon, aber er geht uns nichts an, immer nur die anderen. Jetzt sehe ich ihn vor mir, er schwingt keine Sense, sondern trägt ein Licht, das immer schwächer wird, und er bringt mir Ruhe. Ich will ihn nicht! Aber ich werde nicht gefragt, vielleicht ist es schon ein Privileg, dass er wartet, damit ich noch ein paar Sätze an dich richten kann. Ich bin nach wie vor der Meinung, dass das Universum ein perfekt funktionierender, harmonischer Organismus ist, auch wenn wir es nicht sehen können. Es funktioniert wie der menschliche Körper mit seinem Stoffwechsel, seiner Fähigkeit, Schäden selbständig zu reparieren und seine Zellen ständig zu erneuern. Ich kann dir nicht sagen, woher ich diese Gewissheit habe, aber ich könnte darauf schwören – selbst hier, in dieser Stadt, in der es keine Barmherzigkeit zu geben scheint, selbst hier, wo ein Leben nichts wert ist. Selbst hier weiß ich, dass etwas existiert, das uns versteht und uns so nahe ist, dass es keine Kluft zwischen Leben und Tod gibt, die in der Lage wäre, uns zu trennen – wir bleiben immer vereint.*

Bitte vergiss das nicht, amorzinho, *vertraue mir! Wenn du diese Zeilen liest, ist das der beste Beweis dafür, dass wir zusammen sind. Schon immer, und ganz bestimmt auch für immer! Dabei spielt es keine Rolle, ob ich tausend Leben durchlaufen muss, Tatsache ist, wir werden nebeneinandersitzen, ganz nah, und denselben Horizont betrachten. Unsere Schatzsuche ist noch nicht vorbei, Frida – wir sind der Schatz!*

Frida streichelt Bazars Kopf, der sich neben sie gekauert hat. Ihre Tränen muss sie sich nicht wegwischen, das hat der Wind schon für sie übernommen. Sie betrachtet das leuchtende Schimmern auf der Wasseroberfläche, kneift ihre Augen zu – und verabschiedet sich.

Alma hat das große Kreuz hinter sich gelassen, an dem die Pilger etwas, das sie auf ihrer Reise begleitet hat, verbrennen, als Zeichen der Befreiung und Läuterung. Sie folgt dann dem Klang einer Trompete, hüpft über Steine, als wären es Treppenstufen, und wundert sich keineswegs, den hageren Mann zu erblicken, den sie ganz am Anfang kennengelernt hat. Sie wundert sich deswegen nicht, denn es ist genau das, was der Jakobsweg tut: Wie jemand, der einen Teppich fertigt, verknüpft er Begegnungen miteinander.

Er steht aufrecht mit Blick aufs Meer, als würde er vor einem Publikum stehen. Genau in derselben Pose hat sie ihn vor Wochen an dem Steilhang in den Bergen gesehen.

Als François sie bemerkt, hört er auf zu spielen, legt seine Trompete vorsichtig zwischen zwei Steine und umarmt Alma.

«Dann sind wir jetzt also am Ziel?», fragt sie.

«Das Festland endet hier, das ist richtig», gibt er zurück. «Aber jetzt beginnt das Meer. Die Reise ist noch nicht zu Ende, nur die Art der Fortbewegung ändert sich.»

«Und was wäre das für eine Art, ab jetzt?»

«Man sucht sich ein Ziel, den Rest übernimmt der Pilgerweg selbst ... Das ist zumindest meine persönliche Erfahrung.» Er lächelt. «Ich will dir mal was zeigen.» Er zieht ein kleines Segelboot aus dem Rucksack, das aus lauter Streichhölzern gemacht ist.

Alma kann es kaum fassen. Der Jakobsweg hat sie hierhergeführt, um ihr etwas aus ihrer Vergangenheit zu zeigen: Das kleine Holzboot ist – gegen alle Regeln der Zeit – zu ihr gekommen, um ihr einen Gruß zu senden.

Nachdem François das Segel geglättet hat, setzt er es zwischen eine Felsspalte ins Wasser und sieht zu, wie es schaukelt. Kleine Wellen heben es hoch und wieder herunter, bis eine größere es schließlich befreit. Wie ein Fisch, der dem Netz entkommen ist, gleitet es hinaus aufs offene Meer.

Sie sehen zu, wie es davonsegelt. Schließlich lacht Alma laut auf, François begreift nicht recht, doch er sagt: «Ich habe es unter einem der Bögen der Kathedrale gefunden und dachte mir, es möchte bestimmt von hier lossegeln.» Er sagt es, als würde er ein Wunder erklären.

Sie umarmen sich ein letztes Mal, schließlich passiert das nicht jedem, dass man sich am Anfang und am Ende einer Reise begegnet. Dann verschwindet

François, seine Gestalt löst sich zwischen den Felsen und dem Rauschen des Meeres im Nichts auf. Alma weiß, dies ist das letzte Mal, dass sie ihn sieht, sie bleibt noch sitzen, blickt seinem unsichtbaren Körper hinterher, lauscht dem Echo der Trompete, das sich mit den Stimmen von Wellen und Wind vermischt.

Dann ist der Moment für ein weiteres *letztes Mal* gekommen: Sie nimmt ihr Notizheft mit dem hellblauen Umschlag zur Hand und beginnt zu schreiben.

~ ~ ~

Der Jakobsweg ist eine Art Krankheit. Ich muss mich nur umsehen, und schon habe ich den Beweis: humpelnde Menschen, die sich auf einen Stock stützen, einen Verband um den Arm. Wir sehen aus, als kämen wir direkt aus dem Lazarett. Aber egal, wo ich hinblicke, sehe ich ein Strahlen auf ihren Gesichtern, einen großen Entdeckergeist, der nicht weichen will, einen unerschütterlichen Willen, denn sie haben beschlossen, dass sie nicht mehr auf der Stelle treten wollen, nie mehr.

Der Jakobsweg ist ein Virus. Wir sind alle infiziert, überzogen mit unsichtbaren Symptomen, doch wir sind schon auf dem Weg der Genesung. Du kommst hierher und stellst dir vor, wie du das Meer überquerst, denn endlich siehst du, dass es nicht seine Aufgabe ist, Gebiete dieser Erde zu teilen, sondern sie zu vereinen. Sanft streichst du über deine Wunden und am Ende angelangt, spürst du so etwas wie einen Neuanfang. Die Haut, die sich um eine Verletzung herum aufwölbt, ist ein Beweis, eine Kerbe, und jede neu entstan-

dene Spur auf deinem Körper hat ihre Berechtigung, da zu sein, wie die Jahresringe eines Baumes, die sein Alter angeben.

Es war eine gute Idee, mein Handy zu Hause zu lassen, so ist es schön weit weg, man muss nicht insgeheim auf einen Anruf warten und wird nicht abgelenkt vom Konzert der Klingeltöne eintreffender Nachrichten. Der Kopf arbeitet ungestört, man fühlt sich verbunden mit etwas Größerem, mit etwas, das nicht mit einem eingeschalteten Gerät in der Tasche zu erreichen ist. Man sieht die Welt, wie sie wirklich ist.

Ich habe von Frida ein Wort gelernt, das sehr treffend beschreibt, wie ich mich gerade fühle: euneirofrenia. *Das ist «der Frieden des Geistes nach einem schönen Traum».*

Der Jakobsweg ist eine Migration. Wie der Zug von Wildenten, die mit den ersten kälteren Tagen aufbrechen und sich weit entfernt an einem Ort niederlassen, an dem sie sich instinktiv heimisch fühlen. Doch das ist noch nicht alles, denn als ich hier ankam, habe ich zum ersten Mal begriffen, dass die Welt wie ein Spinnennetz ist, ein Konstrukt aus Fäden, und jeder einzelne führt an einen verheißungsvollen Ort, zu dem man zurückkehren möchte, noch ehe man ihn gesehen hat. Ein ungewöhnlicher Gedanke, man müsste wohl ein neues Wort für diese «Spinnennetz-Philosophie» erfinden, die so alt ist wie unsere Instinkte.

Das ist jedenfalls mein Gefühl, wenn ich auf das weite Meer blicke, und es verstärkt sich noch, wenn ich an das kleine Streichholzschiff denke, das mir vor Augen führt, dass die Zeit in Zyklen verläuft. Deswegen wurde auch das kleine Mädchen wieder hervorgeholt, das vor vielen Jahren durch den leeren Blick ihres Großvaters begriffen hat, wie man mit Schmerz umgeht. Wenn du lernst, dass Schmerz existiert, lernst du auch, dass du ihn überwinden kannst. Das Leben lehrt uns dieses Prinzip wie bei einer Impfung: Durch kleine Dosen wird der Körper mit den Erregern besser fertig. Derart schonend hat die Liebe mich allerdings nicht behandelt, wie ein Sandsturm hat sie mich zu Boden geworfen, und ich blieb völlig benommen und ohne jeden Halt zurück.

Bevor du kamst, dachte ich immer, ich wüsste, was gut für mich wäre, jetzt ist mir klar: Ich wusste nichts!

Als ich dich erkannt hatte, verblich augenblicklich das Foto von der Welt, das ich immer bei mir trug. Das Vorher, meine Überzeugungen und gewisse Erinnerungen übergab ich den Flammen. Mir ist das passiert, was einem nicht oft im Leben passiert: Ich habe mich im stillen Rhythmus deines Atmens wiedergefunden.

Ich dachte, ich wüsste alles. Jetzt weiß ich nur, dass wir zwischen dem Möglichen und dem Unmöglichen stehen, die Grenze haben unsere Herzen festgelegt.

Ich dachte, ich hätte begriffen, dass es sich genau darum handelte, Bruno: um Liebe! Jetzt weiß ich, sie ist nicht stark genug für uns zwei, und ich habe nicht genügend Mut, um auf dich zuzugehen. Die Liebe hat scharfe Zähne, doch mein Fleisch ist nicht zäh genug, um ihr zu trotzen. Vielleicht müssen wir beide für unsere Feigheit bezahlen in Form von abgestandenen Träumen, von Wünschen, die irgendwo in einen tiefen Brunnen verbannt wurden. Wir werden uns *mit einem Dach begnügen, das uns vor Unwetter schützt, und werden die Schönheit des Himmels kurz vor dem Regen vergessen.*

Ich versuche, dich hier zurückzulassen, zusammen mit diesem Reisetagebuch, das nichts anderes ist als ein einziger langer Liebesbrief. Die aufgeschriebenen Worte sind nutzlos geworden, sie werden zwischen diesen Klippen bleiben, soll der Wind sie sich doch holen und ihnen ihre Freiheit zurückgeben wie Drachen, die Kinderhänden entkommen konnten.

Erri De Luca schreibt: «Schicksal ist laut Definition ein vorgezeichneter Weg. In der spanischen Sprache bedeutet das Wort einfach nur ‹Ankunft›.»

Vom letzten Vorposten auf spanischem Boden denke ich: Sollten wir tatsächlich das jeweilige Ziel des anderen sein, dann wird das Leben schon einen Weg finden.

~ ~ ~

Alma klappt das Notizheft zu und legt es in eine kleine Felsspalte, zwischen einen Dornbusch und trockenes Kraut. Frida ist nicht allzu weit entfernt und beobachtet sie mit dem aufmerksamen Blick eines Schachspielers, der sich den nächsten Zug überlegt.

Bazar kümmert das alles reichlich wenig, er jagt fröhlich hinter einer Möwe her, die auf den Felsen herumpickt.

17

LIEBESBRIEFE SIND LÄCHERLICH

Warte, ich mache den Steigbügel kürzer, sie müssen gleich lang sein – oder hast du unterschiedlich lange Beine?» Der Junge sitzt auf dem Pferd und lacht, während Bruno noch überprüft, ob der Sattel auch richtig sitzt.

Es ist Ende August, am späten Nachmittag, der Himmel ist bedeckt, die Umrisse der Hügel in der Ferne sind nur unscharf zu erkennen. Auf dem Reitplatz sind zwei Kinder im Zahnlücken-Alter, ihre Mütter stehen hinter dem Zaun und unterhalten sich über das Wetter, den Herbst, der schon vor der Tür steht, und über Hausaufgaben, die noch zu machen sind. Zwei Hähne streiten sich um einen Brotkrümel, eine Katze klettert über eine Leiter zum Heuboden, und eine fast schon kühle Brise kitzelt die Blätter der Ahornbäume.

Es gibt Phasen im Leben, da gleicht ein Tag dem anderen, man lebt seinen Alltag und hat keine besonderen Erwartungen. Und dann bricht plötzlich ein Ereignis herein, und man wird wachgerüttelt aus seiner Trance, herausgerissen aus dem Trott.

«Da ist eine Frau, die zu dir will», sagt Elvio, sein Stallbursche. Er tippt Bruno an die Schulter, was diesen regelrecht zusammenzucken lässt, denn manchmal ist die Intuition schneller als der Verstand.

Sein Herzschlag beruhigt sich jedoch schnell, als – zu seiner großen Enttäuschung – eine hochgewachsene, schlanke Frau mit grauen Haaren vor ihm steht, die einen Hund mit rötlichem Fell an der Leine hält. Er versucht, sie in seinem Gedächtnis irgendwo einzuordnen – vergeblich, also stellt er sich vor.

«Ich bin Bruno. Sie wollten zu mir?»

«Ja, ich bin Frida.» Sie erwidert den Händedruck, während Tabui angerannt kommt und die Neuankömmlinge beschnuppert. «Kann ich ihn losmachen?», fragt sie und weist auf ihren Hund.

Bruno entspricht genau dem Bild, das sie sich von ihm gemacht hat, sie hätte ihn auch unter tausend Menschen erkannt. Die knochigen Knie zeichnen sich unter der ausgeblichenen Reithose ab, der Händedruck ist beherzt, das Gesicht das eines freundlich gesinnten Piraten.

«Wir kennen uns zwar nicht, aber ich habe schon viel von dir gehört», meint Frida grinsend. «Ich bin hier, weil ich auf dem Jakobsweg Alma kennengelernt habe, wir sind ihn zusammen gegangen, seit kurzem sind wir zurück.» Sie will nicht lange um den heißen Brei herumreden.

Bruno ist komplett aus der Bahn geworfen, er weiß nicht mehr, wo vorn und hinten ist. Almas Namen aus dem Mund einer Fremden zu hören, verwirrt ihn total – ein wahres Wunder, wo das Buch doch längst zugeschlagen ist, und jetzt sollte ein neues Kapitel kommen? Er schweigt und hört ihr aufmerksam zu.

«Ich weiß nicht, ob es gut ist, was ich hier tue, aber nichts zu tun, erscheint mir schlimmer. Auf dem Jakobsweg führte Alma Tagebuch, das sie am Kap Finisterre zurückließ. Ich habe es heimlich an mich genommen und gebe es jetzt dir. Sie wäre dagegen, so viel ist klar.»

«Und warum ...?» Brunos Stimme ist brüchig.

«Weil wir uns angefreundet haben, und ich denke, dass ihr noch viel füreinander empfindet und dass ihr eine zweite Chance braucht. Das ist alles. Was ihr daraus macht, liegt an euch. Bis vor wenigen Jahren wäre mir nicht im Traum eingefallen, so etwas zu tun, aber dann habe ich festgestellt, dass sich manche Menschen ein Leben lang suchen, es aber nie schaffen, sich zu finden. Ich habe am eigenen Leib erfahren, was es heißt, wenn es zu spät ist, wenn jede Hoffnung zwecklos ist.»

Die beiden Hunde jagen sich und kläffen dabei, einer der beiden Jungen stößt einen Freudenschrei aus, vom Himmel fallen schräge Lichtstreifen, die ein Stoppelfeld erhellen.

«Wenn ich dich so reden höre, denkt man, dir ist etwas Schlimmes zugestoßen, das dich sehr verändert hat.» Mit diesen wenigen Worten schafft Bruno es, das Eis zu brechen.

«Das stimmt. Mir ist etwas passiert, das meine Welt

zum Einsturz gebracht hat.» Fridas Blick schweift zum Gemüsegarten und weiter zur hellblau umrankten Pergola. «Mir wurde klar, dass es nicht nur eine Floskel ist, wenn man sagt, etwas ist zerbrochen, und dass man viel Zeit und andere Menschen braucht, um die Scherben zu kitten. Allein sind wir dazu nicht in der Lage. Ich habe mich monatelang an dem Gedanken festgebissen, dass das Leben einen Kredit bei mir aufgenommen hat, den es nicht abbezahlen kann, es sei denn, es tritt der utopische Fall ein, dass alles rückgängig gemacht wird. Dann aber wurde mir bewusst, wie viel mir diese verlorene Liebe aber auch gegeben hat, und dieses Glück hat nicht jeder. Wenn ich die Sache so betrachte, kann ich ein wenig Frieden finden, aber das gelingt mir nicht immer.» Sie lächelt und blickt dabei zu den nackten Rankhilfen für die Tomaten und dem verblühten Blauregen. «Man braucht viel Übung, um an etwas zu glauben, was man mit eigenen Augen nicht sehen kann.»

Bruno sieht sie schweigend und aufmerksam an, sein Brustkorb hebt sich, als wolle er tief Luft holen, um etwas zu sagen, doch die passenden Worte fallen ihm nicht ein. Dabei hätte er so viel zu erzählen: von seiner Reise nach Spanien, um Alma zu treffen, von seinen Zweifeln – vielleicht kann man ja doch eine Liebe leben, die auf den ersten Blick unmöglich zu sein scheint –, von einem kleinen Boot aus lauter Streichhölzern, von Antworten auf Fragen, die von Anfang an falsch gestellt waren. Aber das alles wirkt so nichtig, fast lächerlich, angesichts des Schicksals dieser Frau, das er nur erahnen kann. Deshalb sagt er, als Frida ihm ein Notizheft mit einem hellblauen Umschlag entgegenstreckt, lediglich: «Ich weiß gar nicht, wie ich dir dafür danken soll, dass du den weiten Weg auf dich genommen hast.»

«Du musst mir für gar nichts danken, ich habe dir einfach nur etwas gebracht, das dir in meinen Augen zusteht. Ich bin also nur der Überbringer, der Postbote sozusagen.»

Aus einem Impuls heraus umarmt Bruno sie, während im selben Moment ein Sonnenstrahl die Wolken durchbricht und das Gras zu ihren Füßen knallgrün färbt.

Bruno bleibt mit dem Heft in der Hand stehen. Der Einband ist gewellt und abgegriffen. Oben in einer Ecke steht *Alma*, der Name ist vom Regen verwaschen, man kann ihn kaum noch erkennen. Zwischen den Seiten liegt ein karierter Zettel mit einer Liste von Ortsnamen. Es sind genau die Etappen, die er vor Jahren gegangen ist, und ihm wird mit einem Mal klar, wo der Schlüssel zur Lösung liegt, nämlich direkt vor seiner Nase. Er muss nur auf das Band, das sie vereint, vertrauen.

Mit angehaltenem Atem schlägt er die erste Seite auf, für einen kurzen Moment herrscht um ihn herum absolute Stille, als hätte sich die gesamte Umgebung einen Maulkorb verpasst, um nicht zu stören. Als er gleich darauf seinen Blick hebt, ist Frida schon am Ende der Straße angelangt, der Hund trabt neben ihr her.

Dann setzen die Geräusche wieder ein, das Zwitschern einer Amsel, das Scharren der Hufe vor dem Stall, das Husten eines Kindes und das Geschnatter der beiden Mütter.

Auf der ersten Seite stehen zwei Sätze:

~ ~ ~

Pessoa schreibt: «Doch letztendlich sind einzig die Kreaturen, die nie im Leben Liebesbriefe schrieben, lächerlich.»

Da bin ich ganz seiner Meinung.

~ ~ ~

DANKSAGUNG

Ein Buch ist wie tausend Reisen. Ich danke allen, die mich auf diesem Weg begleitet haben:

Fiammetta Biancatelli, Ombretta Borgia und Paolo Valentini von der Walkabout Literary Agency für ihre wertvolle, professionelle Unterstützung und noch mehr.

Dem Verlag Giunti und der Belletristikabteilung, weil sie sich mit großem Engagement dieser Geschichte angenommen haben.

Barbara und Sergio für den ersten Schritt, vor Monaten. Cristiana, die mit mir den Jakobsweg gegangen ist. Barbara für die Fotos und die Anregungen. Greta, Roberta und Betta für die tägliche Unterstützung. Simona, weil sie Alma den Namen für ihre Buchhandlung geschenkt hat: Alicante.

Meinen Freunden, die mich wie echte Fans anfeuerten, und ohne das wäre jede Reise doch nur halb so schön.

Allen, die mir halfen, damit ich Zeit zum Schreiben fand – Gianna, Elio, Giusy, Gianpiero, Franco, Lorena, Carola. Und Federico, der so ist wie seine

Worte. Lemuele und Eliandro, sie sind mein sicherer Hafen. Meiner Mutter, die mit typisch mütterlichem Optimismus und voller Enthusiasmus zu mir sagte: «Schreib, ich weiß, dass du es kannst.»

Ich danke Carlo Urbani, einem Helden unserer Zeit; leider hatte ich nicht die Ehre, ihn kennenzulernen, aber ich habe mich von ihm inspirieren lassen zu Manuels Geschichte.

Leseprobe

FIOLY BOCCA

DAS GLÜCK DER FAST PERFEKTEN TAGE

ROMAN

Aus dem Italienischen
von Suse Vetterlein

WUNDERLICH

Wenn ein Augenblick dir zeigt,
dass nichts im Leben Zufall ist …

Seit ihre Mutter an einem Tumor erkrankt ist, schreibt Anita ihr jeden Abend eine E-Mail. Darin erzählt sie von ihrem erfüllenden Job, von ihrer geplanten Hochzeit und den Kindern, die sie und ihr Verlobter bald haben werden.

Nichts davon ist wahr. In der Literaturagentur wird Anita ausgenutzt, ihre Beziehung macht sie schon lange nicht mehr glücklich. Aber sie will ihre todkranke Mutter nicht belasten.

Alles ändert sich, als Anita während einer Zugfahrt einem geheimnisvollen Mann begegnet. Ein Blick genügt, und Arun erkennt Anitas Traurigkeit und ihre Sorgen. Er macht ihr Mut, sich endlich mit Haut und Haaren auf das Leben einzulassen. Doch welches Geheimnis umgibt diesen Fremden, der so magisch in Anitas Leben gestolpert ist? Und wird es Anita mit seiner Hilfe gelingen, das Leben zu führen, das ihre Mutter sich immer für sie gewünscht hat?

1

DEN DINGEN EINEN NAMEN GEBEN

Es gibt Tage, die sind perfekt zum Glücklichsein.
Während ich dir diese Zeilen schreibe, sitze ich auf einer Bank am Po, hinter mir die Lokale der Murazzi. Turin verkriecht sich unter einer Nebeldecke, die so dicht ist, dass sämtliche Konturen verschwinden. Doch der Nebel kann meiner guten Laune nichts anhaben. In der Agentur habe ich heute ein wichtiges Projekt hinter mich gebracht, jetzt habe ich ein paar Tage frei, um mich zu erholen, das ist nach all dem Stress der letzten Zeit auch dringend nötig. Endlich kann ich durchatmen, meine Gedanken sortieren und dir diese Mail schreiben, die meinem Besuch vorauseilt – ich habe nämlich beschlossen, heute Abend zu dir zu fahren, Mama. Ich möchte die freien Tage nutzen und ein bisschen Zeit mit dir verbringen. Vorhin habe ich mit Papa telefoniert. Er sagt, dass die Ärzte zufrieden sind mit dem Verlauf der Therapie, dass es noch ein paar Untersuchungen geben wird, nur

zur Kontrolle, und dass es dir den Umständen entsprechend gutgeht.
Ich blicke auf den Fluss, und während ich an dich denke, fallen mir wieder die Geschichten ein, die du dir immer für mich ausgedacht hast, als ich klein war. Wir saßen nebeneinander gegen den alten Baumstamm gelehnt, und du hast sie mir ins Ohr geflüstert, als würdest du mir ein Geheimnis verraten. Ich sehe die Figuren förmlich vor mir im dichten Morgendunst der Berge: das Mädchen, das den Mond angeknabbert hat, den gedankenverschlingenden Wal, den Elefanten, der alle Wörter in allen existierenden Sprachen kennt. Ich habe ihn mir immer mit einem langen Rüssel vorgestellt, der bis zum Ende der Welt reicht, um daran die Wörter mit spinnwebdünnen Fäden aufzuhängen.
In jede Figur hast du ein Stück von mir gesteckt, von meinem Leben, meiner Angst vor der Dunkelheit, den ersten Träumen, die ich dick in die Schulhefte gezeichnet habe.
Es gab eine Geschichte, die mir besonders gut gefallen hat, die mit Evelina, der Fee – erinnerst du dich noch an sie? Als sich die Erde zu drehen begann, hatte Evelina die Aufgabe, den Dingen, die sie zum ersten Mal sah, einen Namen zu geben. Als sie ein Insekt sanft berührte, flüsterte sie «Eintagsfliege», und das Leben des Tieres dauerte nicht länger als einen Tag. Begegnete sie auf einer Wiese einer Blume, nannte sie diese

«Sonnenblume», welche daraufhin ihren Kopf hob und sich mit der weit geöffneten Blütenkrone der Sonne zuwandte. Sie sagte «Schneeweiß» zur ersten durchsichtig schimmernden Flocke und sah, wie sich diese weiß färbte und mit Licht füllte.

Du hast zu mir gesagt: «Wenn du den Sinn einer Geschichte verstehen willst, dann achte auf die Namen der Dinge. Die Moral der Geschichte spielt keine Rolle, die legt jeder für sich selbst fest; auch nicht das Schicksal der Figuren. Nein: Unser Name erklärt, wer wir sind.» Und mir fällt ein, wie du immer gesagt hast: «Drei Dinge musst du mit Bedacht wählen, wenn du im Leben vorankommen willst: deine Worte, deine Liebschaften und deine Schuhe.»

Ich weiß gar nicht, warum ich jetzt an all das denken muss, vielleicht ist es einfach nur der Wunsch, dir so nah zu sein wie damals, vor vielen Jahren, als ich, du und Evelina gegen den alten Baumstamm gelehnt dasaßen.

Genug davon – spätestens morgen sehen wir uns. Ruh dich ein wenig aus, ich freue mich auf dich.

Anita

Ich stecke das Tablet in die Tasche, und beim Aufstehen merke ich, wie verkrampft meine Muskeln sind. Meine Fingerknöchel sind gerötet, weil ich dazu neige, sie mit meinen Zähnen zu malträtieren, wenn ich angespannt bin. Ich gehe ein paar Schritte am Fluss entlang und denke noch mal an das, was ich da eben geschrieben habe, und wie weit entfernt es von der Wahrheit ist. *Es gibt Tage, die sind perfekt zum Glücklichsein* – ich stelle fest, Verzweiflung ist der optimale Nährboden für Übertreibungen.

Ich brauche Zeit, um es zu begreifen. Weiß ich wirklich erst seit einer Stunde, dass du nicht mehr gesund werden wirst? Die Therapie schlägt an, das meinten die Ärzte noch bis vor ein paar Tagen. Und an dieses Versprechen, das von vornherein voller Risse war, habe ich mich geklammert, ich habe mir eingeredet, dass alles gut werden würde. Na ja, wenn es um Krebs geht, weiß man ja nie so genau, was «gut» eigentlich heißen soll. Krebs. Wer ist eigentlich auf den Namen gekommen? Noch immer kann ich mir nicht vorstellen, dass er dich besiegen kann. Soll er doch dahin zurückgehen, wo er hergekommen ist, mit zertrümmerten Scheren, denn du, Mama, bist aus Diamant!

Ich war gerade in der Agentur, als der Anruf kam. Papa wusste nicht, wie er die Distanz, die zwischen uns lag, überwinden sollte, er konnte nicht seine Hand ausstrecken, die meine berühren, um mir das zu sagen, was er sagen musste – dass deine Zeit so gut wie abgelaufen ist. Er wich aus, schaffte es nicht, die Worte so zu formulieren, dass es für mich nicht ganz so schmerzhaft würde. Während ich auf den Urteilsspruch wartete, blickte ich mich um – die Finger meiner Kollegen, die auf ihren Tastaturen herumtippten, das übliche rhythmische Klacken, Brillen, die auf einen schweigenden Bildschirm gerichtet waren.

Die zwei Kapitel muss ich noch schaffen, dachte ich. Typisch – die Katastrophe vor der Tür, und man konzentriert sich auf das schief hängende Bild an der Wand.

Ich hatte stets geglaubt, einen Ausweg gibt es immer, und jetzt stelle ich fest, dass sogar die Tür zum Notausgang verriegelt ist, wie absurd.

Ich habe aufgelegt und bin rausgegangen; zu den Kollegen meinte ich nur, ich müsse schnell was erledigen. Sie warfen sich verwunderte Blicke zu, fünfzehn Monate in der Literaturagentur und bisher noch nie früher gegangen. Vielleicht haben sie begriffen, dass ich auf der Flucht war, ohne zu wissen, wovor.

Fliehen heißt zwar nicht, sich dauerhaft in Sicherheit zu bringen, aber immerhin kommt man für einen Moment raus aus der Gefahrenzone.

Während ich an den Murazzi entlangspaziere, bewegen sich meine Beine wie von selbst im grauen Licht dieses Januarnachmittags. Meine Gedanken befinden sich im freien Fall, sie können keinen Halt finden. Ich muss wieder an den Anruf denken und suche nach irgendeinem Indiz, das mir Hoffnung geben könnte. Ich lausche noch einmal den Nuancen seiner Stimme, flüchte mich in die Zwischentöne, die doppeldeutig waren, klammere mich an Auslassungspunkte. Nichts. Hätten die Ärzte Raum für Optimismus gelassen, hätte mein Vater, ein Meister des positiven Denkens, mir das sicher gesagt.

Vor meinen Augen eine wirre Abfolge einzelner Szenen aus meinem Leben, abgespult wie in einer PowerPoint-Präsentation: der Umzug von Obra nach Turin, um Kommunikationswissenschaften zu studieren, die erste Begegnung mit Tancredi vor dreizehn Jahren, der Job als Korrekturleserin, schlecht bezahlt und ohne Sicherheit. Eine schnelle Kamerafahrt, Gesichter und Stimmen, durchgemachte Nächte in verrauchten Kneipen oder über Büchern, meine Berge, meine Wurzeln, alles, von dem ich dachte, es gehöre zu mir, verflüchtigt sich nun.

Ich setze einen Fuß vor den anderen, wie in Trance. Der gewohnte Ausblick löst sich ab mit wirren Gedanken: der Po, der träge weiterfließt – ich muss mich beeilen, ich muss zu ihr –, der Ruderverein scheint seit Jahrmillionen verlassen zu sein – was werde ich zu ihr sagen? –, die Sprüche an den Mauern, *ich liebe dich* neben *Arschloch* –, was packe ich in den Koffer? Ich muss herausfinden, wann die Züge fahren – die Kirche Gran Madre, die *Große Mutter*, die sich würdevoll und unbarmherzig aus dem Nebel erhebt –, was wird aus *meiner* Mutter?

Ich muss tausend Sachen erledigen, es kommt mir vor, als hätte ich nicht genügend Zeit. Tief durchatmen, um die Dinge in Ruhe zu organisieren, schaffe ich nicht. Ab sofort gilt: Egal, was ich als Nächstes zu tun gedenke, die Zeit wird nicht ausreichen. Dieses Gefühl irritiert mich, es schnürt mir die Kehle zu.

Als wäre ich es, die im Sterben liegt.

Ist es vielleicht so? Wird mein ganzes bisheriges Leben zusammen mit meiner Mutter gehen?

Ich habe darauf keine Antwort, da ist nur diese Rastlosigkeit, diese Unruhe, die mich nicht mehr loslässt.

Ich setze mich wieder, mir tun die Beine weh. Die Piazza Vittorio mit ihren Bänken nehme ich gar nicht mehr wahr, bestimmt hat man mich ins falsche Leben geworfen, in dem jetzigen finde ich mich jedenfalls nicht zurecht.

Es fängt an zu regnen. Ich stehe auf, mein Hintern ist ein Eisklotz, und mache mich auf den Nachhauseweg.

Es dauert eine ganze Weile, bis ich in der Via Nizza bin und – ohne Aufzug – den dritten Stock erreicht habe. Als ich die Wohnung betrete, fühle ich mich wie ein nasser Lappen.

Alice legt ihren Text auf den Küchentisch. «Was ist denn mit dir los?» Das war eindeutig mit zu viel Emphase, offensichtlich steckt sie noch zu sehr in ihrer Rolle.

Wie sollte ich Worte finden, um etwas zu erklären, was ich selbst nicht begreife? Schluchzen. Es kommt nur ersticktes Schluchzen und Seufzen, bevor ich es Alice erzählen kann, bevor ich dieses Gewirr ausspucken kann, das mich bedrückt.

«Es ist wegen deiner Mutter, stimmt's?» Alice reißt ihre braunen Augen, die wie reife Kastanien aussehen, weit auf – und wieder scheint sie auf der Bühne zu stehen. Sie ist eine gute Schauspielerin, und eine gute Freundin. Ich erinnere mich noch an den Tag, als wir uns im Foyer der Uni kennenlernten. Wir waren zwanzig Jahre alt, und mit zwanzig steht fest, dass man sein Leben noch vor sich hat; diese absolute, verlogene Gewissheit, die einem ins Ohr raunt: *für immer.*

Alice bedeutet *von schönem Äußeren*. Ihre Haut ist hell, fast durchscheinend, noch weißer als meine, und die Fältchen, die ihre Lippen und Augen umspielen, unterstreichen ihre Mimik nur noch mehr.

Alice bedeutet auch *dem Meer entstammend*, und in der Tat gleitet sie durchs Leben wie ein schillernder Fisch durch die ruhigen Wasser eines tropischen Sees. Ganz anders als ich, die stets gegen die Strömung anzukämpfen scheint wie ein Fisch in einem Gebirgsbach. Wir sind uns so ähnlich und zugleich verschieden, und genau darum mochten wir uns auf Anhieb. Eine Freundschaft, die seit über zehn Jahren hält.

Und nun, mit dreiunddreißig Jahren, teilen wir uns eine Wohnung, die wir uns kaum leisten können. Ich mit meinem Job in der Agentur, sie als Barkeeperin. Jede von uns ist mit einem Traum hier eingezogen: der große Durchbruch auf der Bühne der ihre, neue Schriftsteller entdecken der meine. Ich würde gerne literarische Talente auszeichnen, obwohl ich selbst so wenige Talente habe: Ich wünschte, meine Tätigkeit als Wort-Ziselierer könnte jemandem helfen, der mit Worten ganze Welten erschaffen kann.

Ich heiße Anita, das bedeutet *hübsch*. Hübschsein ist ein Trostpflaster für die, bei denen es nicht zu mehr reicht.

Alice dagegen steckt voller Talente. Jetzt aber schweigt sie, sie weiß, es gibt nichts zu sagen. Sie legt ihren Text auf den Tisch, steht auf und umarmt mich. In ihrer Umarmung löse ich mich auf und beginne, befreiend zu schluchzen.

Den Schmerz zu lindern heißt zwar nicht, ihn dauerhaft zu heilen, aber zumindest bewahrt es einen zunächst noch vor dem Untergehen.

«Und was hast du jetzt vor?»

«Ich packe, suche mir einen Zug raus, und dann fahre ich zu ihr.»

«Und was ist mit deiner Arbeit?»

«Die kommen ohne mich klar, ist mir im Moment auch egal. Ich nehme Urlaub, die werden das schon verstehen.»

Ich öffne den Kleiderschrank und hole willkürlich ein paar Sachen heraus. In den Bergen ist es kälter, ich werde bestimmt einen dicken Pulli brauchen. Mama würde das auch sagen: «Zieh dich warm an, der Januar hier ist hart.» Die Winterstiefel nehme ich nicht mit, die werde ich im Krankenhaus nicht brauchen.

Ich schaffe es nie, meine Koffer rechtzeitig zu packen, wenn ich wegfahre, chaotisch wie ich bin, und jetzt schon gar nicht, zumal ich nicht einmal weiß, wie lange ich weg sein werde; dazu kommt noch das Chaos in meinem Kopf, das mindestens so schlimm ist wie die Unordnung in meinem Schrank.

Ich schaue, wann die Züge fahren. Wenn ich gleich losgehe, bin ich am späten Abend in Obra. Ich könnte auch den ersten Zug morgen früh nehmen, aber ich will nicht warten, ich habe keine Zeit. Noch einmal Alice umarmen, die mir «Pass auf dich auf» zuflüstert, und schon bin ich auf der nass glänzenden Straße, auf die weiterhin der Regen prasselt. Meine Welt in einem Tropfen, vorher rund und in sich geschlossen, jetzt eine klägliche Pfütze unter meinen Gummisohlen.

Weitere Titel von Fioly Bocca

Das Glück am Ende des Weges

Das Glück der fast perfekten Tage

MIX
Papier aus verantwortungsvollen Quellen
FSC® C083411

Das für dieses Buch verwendete Papier ist FSC®-zertifiziert.